竞技武术套路动作库

南拳

国家体育总局武术运动管理中心 审定

人民体育出版社

图书在版编目（CIP）数据

南拳 / 国家体育总局武术运动管理中心审定. -- 北京：人民体育出版社, 2023
（竞技武术套路动作库）
ISBN 978-7-5009-6325-7

Ⅰ. ①南… Ⅱ. ①国… Ⅲ. ①南拳－套路(武术) Ⅳ. ①G852.131.9

中国国家版本馆CIP数据核字(2023)第110809号

*

人民体育出版社出版发行
北京新华印刷有限公司印刷
新 华 书 店 经 销

*

710×1000 16开本 12.75印张 163千字
2023年9月第1版 2023年9月第1次印刷
印数：1—3,000册

*

ISBN 978-7-5009-6325-7
定价：49.00元

社址：北京市东城区体育馆路8号（天坛公园东门）
电话：67151482（发行部） 邮编：100061
传真：67151483 邮购：67118491
网址：www.psphpress.com

编 委 会

主　　任　陈恩堂

副 主 任　徐翔鸿　杨战旗　陈　冲

总 主 编　陈恩堂

副总主编　樊　义　李英奎

主编

王晓娜（长拳）
范燕美　冯静坤（剑术）
解乒乒　张继东（枪术）
魏丹彤（南刀）
李　强　周　斌（太极拳）
王　怡　刘海波（刀术）
崔景辉　于宏举（棍术）
李朝旭　黄建刚（南拳）
黄建刚　李朝旭（南棍）
吴雅楠　吕福祥（太极剑）

动作示范（以姓氏笔画为序）

王子文　巨文馨　吕泰东　刘忠鑫　汤　露
孙培原　杜洪杰　李剑鸣　杨顺洪　张雅玲
张　黎　陈洲理　查苏生　姚　洋　常志昭
梁永达　童　心

为武术更加灿烂的明天

——总结经典 传承经典 创造经典

陈恩堂

竞技武术套路动作库从立项到推出，历时3年有余，历经艰辛探究，今日终于得以付梓，令人欣喜万分。我谨代表国家体育总局武术运动管理中心、武术研究院、中国武术协会，对竞技武术套路动作库出版成书表示热烈的祝贺！

中华武术源远流长，博大精深，是中华民族优秀传统文化的瑰宝。古往今来，在武术发展的历史长河中，产生了许多独具特色的拳种流派，涌现了许多身怀绝技的武林高手，流传着许多让人津津乐道的传奇故事。历代的武术先辈们给我们留下了丰厚的武术遗产。作为新时代的武术人，把这份丰厚的武术遗产继承好、发展好，是我们义不容辞的责任。

把武术先辈们留下的丰厚武术遗产继承好、发展好，首先就是要对其进行系统地总结，在总结的基础上加以传承，在传承的过程中进行创新。竞技武术套路动作库，正是遵循这样的思路，总结经典，传承经典，创造经典。

——总结经典。竞技武术套路动作库，当前共收录具有源流和传统名称的武术经典动作1941式，分为长拳、刀术、棍术、剑术、枪术、南拳、南刀、南棍、太极拳、太极剑共10个子库，如字典汇编，毫分缕析，系统总结了长拳、南拳、太极拳三大拳种的经典动作，规范了技术方法，确定了技术标准，突出武术技击本质，展示武术攻防内涵。每一个经典动作都有源流出处，都具有传统名称，不仅符合人民群众对武术古往今来的认知，更是彰显了中华传统文化符号的经典魅力，充分体现了中华文化自信。

——传承经典。竞技武术套路动作库，通过总结经典，实现武术经典动作的标准化和规范化，本身就是对武术历史经典的传承。这些标准化、规范化的经典动作，既可供武术专业运动员在比赛中选用，让运动员的整套动作演练更具可比性，更加符合现代奥林匹克运动的特征，同时，也适合广大武术爱好者尤其是青少年朋友学习掌握，将专业和业余打通，普及和提高一体。通过竞技武术套路动作库，每一个武术习练者、爱好者都会成为武术经典的传承者，武术文化的传播者。

——创造经典。竞技武术套路动作库，不仅是在总结经典、传承经典，也在创造经典。人民群众有无限的创造力。人民群众在历史上创造了武术的经典，今后也必将继续创造武术新的经典。当前收录的1941个武术经典动作只是动作库的首期工程，今后每年都会更新，进行动态调整。创新动作经过中国武术协会审定通过后，将会成为竞技武术套路动作库的一部分，这充分体现了对中华优秀传统文化的创造性转化、创新性发展。

竞技武术套路动作库的推出，是武术运动科学化、标准化的又一重要标志，是武术运动发展史上具有里程碑意义的大事，凝结了全体武术人的智慧和汗水。在此，我谨以国家体育总局武术运动管理中心、武术研究院、中国武术协会的名义，向所有为竞技武术套路动作库付出不懈努力的武术前辈、专家、运动员、教练员、裁判员和工作人员们表示衷心的感谢！向所有关心支持武术事业改革发展的各界人士表示衷心的感谢！

国运兴则体育兴，国运兴则武术兴。在中华民族伟大复兴的新征程上，作为中华民族传统体育项目和优秀传统文化的代表，武术必将在体育强国、文化强国和健康中国建设中发挥着独特作用。竞技武术套路动作库，是武术发展的新的起点，为武术在更高水平的传承和繁荣开辟了新的道路，为武术进一步现代化、国际化奠定了重要基础，为武术走向奥林匹克大舞台迈出了坚实步伐。我们相信，以此作为新的起点，通过全体武术人的团结奋斗，武术的魅力将更加显现，武术的未来将更加美好！

2023年7月1日

（作者为国家体育总局武术运动管理中心主任、党委书记，国家体育总局武术研究院院长，中国武术协会主席）

CONTENTS / 目录

1 手型

1.1 凤眼拳

凤眼拳 001
传统术语：铁门插槌。
现代术语：弓步双冲拳。
源流：洪拳体系。
技法：冲。

动作过程：（1）右脚向前上步屈膝成半马步；同时，双凤眼拳顺势置于腰侧。
（2）左腿蹬直成右弓步；同时，双凤眼拳经体侧向正前方标撞，拳心均向上；目视前方。

动作要点：凤眼拳前撞与弓步协调一致；力达食指第二指关节突。

凤眼拳 002

传统术语：张飞擂鼓。

现代术语：弓步劈挑。

源流：李家教体系。

技法：劈。

动作过程：（1）右脚向前上步屈膝成半马步；同时，右手摆至头顶上方，随即经体前向下劈拳；左手顺势向后、向下拉开再迅即收至下腹前，拳心向内。

（2）身体右转，左腿蹬直成右弓步；同时，双凤眼拳由体前向前上方挑拳，右臂微屈，拳心向上，高与肩平，左拳拳心向内；目视前方。

动作要点：弓步劈挑拳富有弹性；劈拳力达拳轮和前臂。

凤眼拳 003
传统术语：双凤齐鸣。
现代术语：马步凤眼拳。
源流：洪拳体系。
技法：挂。

动作过程： 双腿屈膝成马步；同时，双臂滚桥至腹前交叉，左手在上，右手在下，掌心向下；目视右掌。接着，双掌变凤眼拳，双前臂外旋截桥至腰侧前方，拳心向上；目视右方。

动作要点： 凤眼拳由内向外，双臂向外滚桥截击，沉稳发力；力达前臂外侧。

凤眼拳 004

传统术语：丹凤朝阳。

现代术语：半马步侧冲拳。

源流：洪拳体系。

技法：冲。

动作过程： 右脚向前上步屈膝成右半马步；同时，左手变拳由体前回拉至左肩前，拳心向下；右手变拳向前冲出，拳眼向上，高与肩平；目视右拳。

动作要点： 上步成半马步时，左手回拉、右手冲拳与半马步协调一致；力达食指第二指关节突。

1.2 虎爪

虎爪 001

传统术语：金龙献爪。

现代术语：盖步虎爪。

源流：洪拳体系。

技法：抓。

动作过程： 右腿向左脚前盖步，身体左转；同时，双虎爪随身体转动由下向左经面部向右顺时针划弧一圈至身体右侧，左虎爪屈肘置于右肩前，右虎爪微屈顺势置于身体右侧平举，双手心向外；目视右虎爪。

动作要点： 盖步时，右腿屈膝，脚尖外撇，沉着有力；回身摆头与虎爪协调一致；力达虎爪。

虎爪 002
传统术语：饿虎擒羊。
现代术语：弓步虎爪。
源流：洪拳体系。
技法：抓。

动作过程： 左脚上步屈膝成左弓步；同时，右虎爪由腰间向前推出，肘微屈，手心向前，手指向上；左虎爪顺势屈肘下按于腹前，手心向下，虎口向内；目视前方。

动作要点： 弓腿时，前脚微内扣；左虎爪下按、右虎爪前推与弓步协调一致；力达虎爪。

虎爪 003

传统术语：单虎出洞。

现代术语：高虚步虎爪。

源流：洪拳体系。

技法：抓。

动作过程：左脚上步，脚尖内扣，身体左转；同时，右虎爪向前探爪，左虎爪顺势收至腰间。紧接着，右脚经左脚内侧向右前落地成高虚步；同时，左虎爪由腰间向前上方推出，肘微屈，手心向前，手指向上，高与头齐；右虎爪顺势屈肘收至右腰侧，手心向下，虎口向内；目视左手。

动作要点：高虚步时，右脚需形虚内实的撑点地面；左右上步成高虚步与推爪协调一致；力达虎爪。

1.3 鹤嘴手

鹤嘴手 001

传统术语：飞鹤寻食。

现代术语：弓步鹤嘴手。

源流：侠家拳体系。

技法：啄。

动作过程：（1）左脚向左上步屈膝成马步；同时，左手由下经腹前摆至右胸前；右手顺势向后拉开。

（2）身体左转，右腿蹬直成左弓步；同时，左手经身体左侧向后搂手成勾手，勾尖向上；右鹤嘴手经体前向左横摆至右肩前方，手臂伸直，勾尖向左，高与肩平；目视前方。

动作要点：前鹤嘴手横摆与马步变弓步协调一致；力达勾尖。

鹤嘴手 002
传统术语：饿鹤寻虾。
现代术语：半马步鹤嘴手。
源流：洪拳体系。
技法：啄。

动作过程：（1）右脚向前上步屈膝成半马步；同时，右手由体前上摆至头顶前上方突变鹤嘴手，迅即向下方直臂啄击，勾尖向下；左手拉开由下向上摆至右肩前；上体顺势前俯；目视下方。

（2）紧接着，身体顺势向上抬起，右鹤嘴手向前啄击，肘关节微屈，勾尖向右；同时，左鹤嘴手屈臂置于右胸前，勾尖向下；目视右鹤嘴手。

动作要点：身体前俯不要过大，更不可左右摇摆；鹤嘴手下啄与弓步协调一致；力达指尖。

1.4 鹤顶手

鹤顶手 001

传统术语：飞鹤亮翼。

现代术语：弓步鹤顶手。

源流：侠家拳体系。

技法：顶。

动作过程：（1）左脚向左上步屈膝成半马步；同时，双臂胸前交叉，右掌在上，左掌在下。

（2）右腿蹬直成左弓步；同时，右鹤顶手向前撞出，勾尖向左内扣，高与眼平；左鹤顶手向后撞出置于身体后方，勾顶向后，勾尖向内；目视右手。

动作要点：蹬转成弓步时，左右鹤顶手同时用力，并与弓步协调一致；力达鹤顶手背。

鹤顶手 002

传统术语：虎鹤齐鸣。

现代术语：半马步鹤顶手。

源流：侠家拳体系。

技法：顶。

动作过程：（1）右脚上步屈膝成半马步；同时，双臂胸前交叉成立掌，右掌在上，按于左胸侧，左掌在下，撑于左腰间，掌心均向外。

（2）右掌变鹤顶手向右撞出，勾尖向左内扣，高与眼平；左掌变虎爪顺势下按于右肘下方，掌心向外；目视右手。

动作要点：双臂交叉需团胛完成；鹤顶手、虎爪与马步协调用力；力达鹤顶手背。

1.5 单指

单指 001

传统术语：仙人指路。

现代术语：弓步标指。

源流：侠家拳体系。

技法：标。

动作过程： 右脚上步屈膝成右弓步；同时，左单指手向前标出，掌心向下，手指向前，高与肩平；右拳顺势后摆，拳心向下，高与肩平；目视左前方。

动作要点： 标指、后摆、蹬转与腰发力协调一致；力达指尖。

单指 002
传统术语：宝鸭穿莲。
现代术语：马步挑指。
源流：洪拳虎鹤双形第十七式。
技法：挑。

动作过程：左脚上步屈膝成马步双按掌，掌指相对。接着，左单指手由腹前向右经胸前向左、向上挑起，臂微屈，掌心向前。随即右单指手由左腋下经胸前向右、向上挑起，臂微屈，掌心向前；目随指动。

动作要点：前臂左右单指依次挑起；滚桥目随视左右单指；力达前臂外侧。

单指 003
传统术语：带马回朝。
现代术语：弓步标指。
源流：南枝拳体系。
技法：标。

动作过程：（1）左脚上步屈膝成马步；同时，左手摆至体前，掌心向上；右手顺势收至腰间，掌心向上。
（2）接着，右腿蹬直成左弓步；同时，右手单指手臂外旋向前标出，掌心向上，手指向前，高与肩齐；左手变拳顺势划弧收至左腰侧，拳心向上；目视右指。

动作要点：蹬转成弓步与标指协调一致；标指腕指用力，力达指尖。

单指 004
传统术语：单指引手。
现代术语：弓步单指。
源流：洪拳体系。
技法：推。

动作过程： 左脚上步屈膝成左弓步；同时，右单指手经下向左担肘，接着，沉肩提指收至右肩前，随即发内劲缓慢向前推出；左手顺势抱拳收至腰间；目视右手。

动作要点： 担肘与沉肩提指连贯完成；运、推指以气催力；力达掌指。

单指 005

传统术语：双龙出海。

现代术语：马步推指。

源流：洪拳体系。

技法：运。

动作过程： 双腿屈膝成马步；同时，双单指手经身体两侧前屈肘上抬至双肩上挑肘；目视右肘。接着，双肘同时向下沉肘，迅即向前推出；目视前方。

动作要点： 屈肘上抬沉肩；向下沉肘脱肩；推指缓慢用力，马步稳健；力达指尖。

单指 006

传统术语：指定中原。

现代术语：钳羊马单指。

源流：洪拳虎鹤双形拳第七式。

技法：摆。

动作过程： 右脚向右开步，双膝微屈成钳羊马；同时，右拳变单指手由右肩前经体前向左前方推至左肩前，接着，右单指由左至右横摆至右肩前方；目视前方。

动作要点： 横摆时手臂伸直，单指与屈膝协调一致；单指力达指尖。

2 手法

2.1 挂拳

挂拳 001

传统术语：双蝶藏花。

现代术语：半马步双挂拳。

源流：李家拳体系。

技法：挂。

动作过程： 右脚上步屈膝成半马步；同时，双拳由下向左经面部向右侧挂出，双臂微屈，左拳顺势抡打置于右肘内侧，拳心向上；目视右方。

动作要点： 双挂拳与半马步协调一致；挂打快速有力，力达拳背。

挂拳 002

传统术语：十字分金。

现代术语：半马步挂拳。

源流：洪拳虎鹤双形拳第九十六式。

技法：挂。

动作过程：左脚上步屈膝成半马步；同时，双掌变拳由腹前交叉向上经面部向身体两侧挂拳，双臂微屈，拳心向上，左拳高与肩平，右拳略高于肩；目视左拳。

动作要点：挂劈与半马步协调一致；双挂拳向下扣打快速有力，力达拳背。

挂拳 003
传统术语：风火连环。
现代术语：弓步挂拳。
源流：侠家拳体系。
技法：挂。

动作过程：（1）右脚向前上步屈膝成右弓步；同时，左拳经体前由头顶前方向左侧前挂打；右拳顺势上架至头右侧上方，拳眼向下；目视左挂拳。
（2）身体左转，右腿蹬直成左弓步；同时，右拳由头顶上方向右侧前挂打；左拳顺势上架至头左侧上方，拳眼向下；目视右前方。

动作要点：挂拳与弓步转换协调一致；左右挂拳转换灵活，力达拳背。

2.2 挂盖拳

挂盖拳 001

传统术语：连环砸冚。

现代术语：弓步挂盖。

源流：洪拳虎鹤双形拳第八十七式。

技法：挂、盖。

动作过程： 左脚向前上步屈膝成左弓步；同时，左拳由下经体前向上、向左前划弧挂拳至身体左侧后方。随即右拳向上抡起经头顶上方向前弧形盖打至身体左胯旁；右腿顺势拖步，弓步不变；目视前方。

动作要点： 挂拳与盖拳拳法清晰，连贯发力，击打目标一致；弓步拧腰转胯蹬腿协调一致；挂拳力达拳棱，盖拳力达拳心。

挂盖拳 002

传统术语：顺手牵羊。

现代术语：马步挂盖拳。

源流：蔡李佛拳体系。

技法：挂、盖。

动作过程：（1）左脚向前上步，身体右拧转；同时，左拳由下经腹前向右、向上、向左前挂打；右拳顺势伸至右后腰侧；目视前方。

（2）右脚向前上步屈膝成半马步；同时，右拳由下向上经头顶上方向前盖打，顺势收于身体左腰侧，臂微屈，拳心向上；左拳顺势屈臂收于右肩前，拳心向下；目视右前方。

动作要点：左脚上步挂拳与半马步盖拳要协调一致；挂盖拳法清晰，连贯发力，力点准确；挂拳力达拳棱，盖拳力达拳心。

2.3 鞭拳

鞭拳 001

传统术语：横扫落叶。

现代术语：上步鞭拳。

源流：蔡李佛拳体系。

技法：鞭。

动作过程： 右脚向前上步，左脚顺势跟步成马步；同时，右拳由左侧经体前向右前上方鞭打，迅即收至左腹前，拳心向内；左掌护身掌顺势立于右肩前，掌心向右前方；目视右前方。

动作要点： 上步与鞭拳动作连贯；鞭拳后弹性回收与护身掌开合配合一致；鞭拳力达拳背。

2.4 扫拳

扫拳 001

传统术语：金星挂角。

现代术语：弓步扫拳。

源流：洪拳虎鹤双形拳第九十七式。

技法：扫。

动作过程：右脚向前上步屈膝成右弓步；同时，右掌变拳由后经身体右侧向正前方平扫，拳心向内，高与肩平；左手顺势体前搂手，随即握拳收于左腰间，拳心向上；目视右拳。

动作要点：上步、弓步与扫拳协调一致；扫拳力达拳棱。

2.5 抛拳

抛拳 001
传统术语：一星抛搥。
现代术语：弓步抛拳。
源流：洪拳虎鹤双形拳第八十五式。
技法：抛。

动作过程： 左脚向前上步屈膝成左弓步；同时，右拳由后向下经身体右侧绕至体前，向前弧形击打，拳心向后；左拳顺势由前经身体左侧摆至身后，拳心向下；目视前方。

动作要点： 抛击与上步动作协调；力达拳棱、拳背。

抛拳 002

传统术语：水浪抛球。

现代术语：弓步抛拳。

源流：洪拳虎鹤双形拳第七十式。

技法：抛。

动作过程：（1）右脚上步屈膝成马步；同时，右掌变拳由体前向下、向右、向上划弧至胸前，拳心向内；左拳顺势向左后侧拉开，拳心向下。

（2）右拳向下经右膝前抡摆至右后方，拳心向下；同时，左拳顺势由后向下经体前向右、向上抛拳，左上臂近耳伸直，拳心向后；右脚不动，左脚顺势拖步成右弓步；目视左前方。

动作要点：右拳经膝前的截击与左拳的抛击连贯协调；力达拳棱、拳背。

抛拳 003

传统术语：犀牛分水。

现代术语：冲锋抛拳。

源流：蔡李佛拳体系。

技法：抛。

动作过程：（1）左脚上步屈膝成左弓步；同时，右手变拳由右下向左经体前向右后抡摆；左拳向后拉开再顺势抡摆至体前。

（2）上动不停。右脚向前上步；同时，左右手连续在体前抄击至左拳上、右拳下，双拳拳心相对；目视前方。

（3）上动不停。左脚继续上步，右脚跟步成左弓步；同时，左拳向上经面部顺势向后摆至体后，略低于肩，拳心向下；右拳由下经体前向左、向上经面部划弧抛拳至上臂近右耳侧，拳心向后；目视右前方。

动作要点：上步与连环抛拳紧凑、连贯、协调；抄击力达前臂；抛拳力达拳棱、拳背。

2.6 摊手

摊手 001
传统术语：单手照日。
现代术语：钳羊马摊手。
源流：咏春拳体系。
技法：摊。

动作过程： 双脚内扣，双膝微屈成钳羊马抱拳。接着，右掌由右胸前经中线向正前方摊出，臂微屈，掌心向上；目视前方。

动作要点： 摊掌内劲发力，配合呼吸；力达前臂外侧。

2.7 撞拳

撞拳 001
传统术语：钟鼓齐鸣。
现代术语：弓步撞拳。
源流：侠家拳体系。
技法：撞。

动作过程： 左脚上步屈膝成半马步抱拳。接着，右腿蹬直成左弓步；同时，右拳由右侧向上经头顶上方向左撞击，拳心向下；左拳由腰侧经体前向左撞击，拳心斜向内；目视进攻方向。

动作要点： 马步转弓步与双拳撞击协调一致；力达拳面。

撞拳 002

传统术语：扉水上田。

现代术语：半马步撞拳。

源流：李家拳体系。

技法：撞。

动作过程： 右脚上步屈膝成半马步；同时，右拳由腰间冲撞至正前方，臂微屈，拳心向上；左拳顺势屈臂置于右上臂内侧，拳心向上；目视右拳。

动作要点： 冲撞与半马步协调一致；撞拳力达第二指关节突。

撞拳 003

传统术语：落地火星。

现代术语：单蝶步冲拳。

源流：李家拳体系。

技法：冲。

动作过程： 左脚上步屈膝成单蝶步；同时，右掌变拳由右上经体前向左下方斜线撞出，拳眼向上；左手掌顺势收于右肩前，掌心向右；目视右拳方向。

动作要点： 单蝶步与撞拳协调一致；撞拳为单凤眼拳，力达食指第二指关节突。

撞拳 004

传统术语：罗汉晒尸。

现代术语：弓步撞拳。

源流：洪拳虎鹤双形拳第八十式。

技法：撞击。

动作过程：右脚上步屈膝成半马步抱拳；双拳抱于腰间，拳心向上；目视前方。

接着，左腿蹬直成右弓步；同时，左拳由左侧向上经头顶上方向右撞击，拳眼向下；右拳由腰侧经体前向右撞击，拳眼向上；目视进攻方向。

动作要点：马步转弓步与撞拳协调一致；撞拳力达拳面。

撞拳 005

传统术语：乌龙摆尾。

现代术语：盖步撞拳。

源流：洪拳虎鹤双形拳第七十九式。

技法：撞击。

动作过程：右脚经左小腿前向左盖步，身体右转；同时，双手变凤眼拳由下经腹前向身后撞击，右臂微屈，拳心向上，高与肩平；左拳顺势屈臂于右胸侧，拳心向上；目视右拳。

动作要点：转身盖步与撞拳协调一致；撞拳力达第二指关节突。

撞拳 006

传统术语：摆尾雕风。

现代术语：撤步撞拳。

源流：李家拳体系。

技法：撞。

动作过程： 左脚向后撤步，双腿微屈，身体随势左转；同时，右手变钉拳由下向上经体前向外击打，与下颌同高；左手顺势成护身掌立于右肩前；目视右前方。

动作要点： 撞拳后弹性收回；撤步与撞拳协调一致；力达食指第二指关节突。

2.8 盖拳

盖拳 001
传统术语：豹子回头。
现代术语：弓步盖拳。
源流：侠家拳体系。
技法：鞭、盖。

动作过程： 右脚向左上步，身体左转，随即左脚随转体向体后落步；同时，双手变拳顺势向异侧摆动。上动不停。左拳由内向外斜向鞭打，置于右肩前，右拳顺势向上经头顶上方向前盖打，收于左腹下，双拳心向内；同时，左腿不动，右腿顺势拖步成左弓步；目视右前方。

动作要点： 身体左转270°，落步、拖步和转身连贯、协调一致；鞭拳力达拳背，盖拳力达拳心。

2.9 冲拳

冲拳 001

传统术语：连环火箭。

现代术语：弓步侧冲拳。

源流：洪拳虎鹤双形拳第九十一式。

技法：冲。

动作过程： 左脚上步屈膝成左弓步；同时，右拳由腰间向前冲拳，拳眼向上；左掌顺势变拳抱于腰间，拳心向上；目视右前方。

动作要点： 弓步与冲拳协调一致；力达第二指关节突。

冲拳 002
传统术语：日字冲拳。
现代术语：钳羊马冲拳。
源流：咏春拳体系。
技法：冲。

动作过程： 右脚向前上步，左脚顺势跟进成钳羊马；同时，右拳由胸前沿身体中线向前方冲出，拳眼向上；左掌变拳置于右臂肘关节内侧，拳心向内。接着，左拳由右臂内侧向前击打；右拳置于左臂肘关节内侧；目视前方。

动作要点： 钳羊马稳定；左右冲拳快速且沿中线击打；富有节奏感，可多次连贯；力达拳面。

2.10 劈掌

切掌 001
传统术语：懒豹拦路。
现代术语：半马步劈掌。
源流：南枝拳体系。
技法：劈。

动作过程：右脚上步屈膝成半马步；同时，双手随势左摆，右手再迅即由左向右横向劈砍，掌心向下，指尖向前；左掌顺势屈臂于右肩前，掌心向上，指尖向外；目视右方。
动作要点：半马步与切掌动作一致；以腰催力，切掌力达掌外沿。

2.11 按掌

按掌 001
传统术语：伏虎藏龙。
现代术语：分步按掌。
源流：洪拳虎鹤双形拳第三式。
技法：按。

动作过程：左脚向左开步，双腿微屈成马步抱拳。接着，右拳变掌由腰间经体前向左前下方按出，置于腹前，掌心向下，指尖向左；目视前方。

动作要点：按掌与屈膝协调一致；按掌力达掌外沿。

按掌 002

传统术语：双弓伏虎。

现代术语：马步按掌。

源流：洪拳虎鹤双形拳第二十八式。

技法：按。

动作过程： 右脚向前上步屈膝成右弓步；同时，右手收至右腰侧，左手顺势收至右肩前，右掌在下，左掌在上，掌心相对。紧接着，身体左转成马步，双臂内旋经体前向正前方按掌，臂微屈；右掌掌心斜向下，指尖向左，高与颈齐；左掌掌心向前，指尖向右，高于头；目视前方。

动作要点： 桩马稳定；以腰发力，双掌力达掌外沿（掌刃）。

2.12 伏掌

伏掌 001

传统术语：双弓抱月。

现代术语：弓步双伏掌。

源流：洪拳虎鹤双形拳第四十三式。

技法：伏。

动作过程： 右脚上步成半马步；同时，双掌收于左腰侧，掌心向上。接着，左腿蹬直成右弓步；同时，双掌由左腰侧经体前上臂内旋向前下按至右膝前，指尖相对，掌心斜向下；目视前下方。

动作要点： 滚桥与伏、按一体，且与马步转弓步协调一致；伏掌力达掌心。

伏掌 002
传统术语：双弓插花。
现代术语：马步双伏掌。
源流：洪拳虎鹤双形拳第十六式。
技法：伏。

动作过程： 双腿屈膝成马步；同时，双掌变拳屈肘置于同侧胸前，与肩同高，拳面相对，拳心向下。接着，双拳变掌向腹前斜向按出，掌心向下，指尖相对；目视前方。

动作要点： 伏掌与马步动作协调；蓄势发力，腰力带动；伏掌力达掌心。

2.13 插掌

插掌 001
传统术语：童子拜佛。
现代术语：弓步双插掌。
源流：洪拳虎鹤双形拳第四十四式。
技法：插。

动作过程： 左脚上步屈膝成半马步；同时，双拳变掌相合置于右胸侧，指尖向上；目视左前方。接着，右腿蹬直成左弓步；同时，双手合掌由左侧经头顶向左前上方直线插击；目视进攻方向。

动作要点： 合掌双插与弓马转换协调一致；双掌合实有力，力达指尖。

2.14 标掌

标掌 001
传统术语：蛇形刁手。
现代术语：高虚步标掌。
源流：李家拳体系。
技法：标。

动作过程： 左脚上步，右脚跟进成右高虚步；同时，身体左转，双掌收于左腰侧，左上右下；目视上步方向。接着，身体右转，步型不变；同时，右掌由腰间经体前向右前标出，微屈臂，掌心向下，指尖向前；左手随势经右肩前向前标出，掌心向下，指尖向前；目视右前方。

动作要点： 上下配合协调；身体右转与高虚步和标掌整体用力，标掌力达指尖。

标掌 002

传统术语：白蛇吐信。

现代术语：弓步标掌。

源流：侠家拳体系。

技法：标。

动作过程：右脚上步屈膝成马步；同时，双拳变掌按于腹前，掌心微合向下，掌指向前；目视右前方。接着，右腿屈膝成右弓步；同时，双掌由腹前向右前方标插，右掌在前，左掌在后，掌心向下，指尖向前，右指高与眼齐，左指顺势置于右肘内侧；目视进攻方向。

动作要点：弓马转换与标掌插击协调一致；力达指尖。

标掌 003

传统术语：沉桥穿珠。

现代术语：弓步标掌。

源流：洪拳虎鹤双形拳第三十三式。

技法：标。

动作过程：（1）右脚上步屈膝成马步；同时，右手抱拳于腰间，拳心向上；左拳变掌收于左腰间；目视右前方。

（2）左腿蹬直成右弓步；同时，左掌由腰间经体前向右前方标出，掌心向下；右拳不变；目视前方。

动作要点：弓马转换与标掌协调、连贯；标掌力达指尖。

标掌 004

传统术语：乌龙戏水。

现代术语：钳羊马标掌。

源流：洪拳虎鹤双形拳第八式。

技法：标。

动作过程： 双脚开步，双膝微屈成马步抱拳，拳心向上。接着，左臂沉肘，左单指手变掌，由体前沿身体中线向前标出，掌心向下；目视前方。

动作要点： 沉肘与标掌连贯，富有节奏感；标掌力达指尖。

2.15 挑掌

挑掌 001

传统术语：美人照镜。

现代术语：钳羊马挑掌。

源流：洪拳虎鹤双形拳第四式。

技法：挑。

动作过程： 左脚开步屈膝成钳羊马；同时，双拳抱于腰间。接着，右拳变掌经体前向左下滚桥至左腹前，随即右掌以肘关节为轴由下向上弧形挑起置于右肩前，掌心向后；左拳不动；目视右掌。

动作要点： 右臂向下滚桥，手臂挑起截桥；力达前臂外侧。

3 肘法

3.1 撞肘

撞肘 001

传统术语：乌鸦晾翼。

现代术语：马步双撞肘。

源流：洪拳虎鹤双形拳第十五式。

技法：撞。

动作过程： 左脚开步屈膝成马步；同时，双手变拳体前交叉，迅即双肘分别向身体两侧撞出，肘高与肩平，双拳置于同侧肩前，拳心向下；目视进攻方向。

动作要点： 上臂、前臂紧屈；双撞肘同时发力，力达双肘尖。

3.2 挑肘

挑肘 001
传统术语：隐虎抛睁。
现代术语：马步挑肘。
源流：周家拳体系。
技法：挑。

动作过程： 右脚上步屈膝成马步；同时，双手变单指手置于腰间，掌心向下，随即双肘经体前向上抬肘，双单指手置于同肩上方；目视进攻方向。

动作要点： 沉挑动作连贯；以腰领劲，屈臂抬肘，抬肘力达肘尖。

3.3 压肘

压肘 001
传统术语：仙人担柴。
现代术语：马步压肘。
源流：南枝拳体系。
技法：压。

动作过程：右脚上步屈膝成马步；同时，双手上摆经头顶前方交叉，掌心向前，随即双掌变拳向两侧砸压肘，拳心向前，拳略高于肩；目视主动压肘方向。

动作要点：双臂头上交叉与砸压肘一气呵成，且与马步协调一致；压肘力达肘尖，背部夹紧。

4 桥法

4.1 滚桥

滚桥 001
传统术语：卞庄擒虎。
现代术语：弓步滚桥。
源流：洪拳体系。
技法：滚桥。

动作过程：（1）左脚上步屈膝成半马步；同时，左拳变掌向左前方摊出，掌心向上；右手顺势抱拳于腰间，拳心向上；目视左前方。

（2）右腿蹬直成左弓步；同时，右拳由身体右侧经体前滚至胸腹前方，臂微屈，拳心斜向右下；左掌顺势成立掌收于右胸前；目视右前方。

动作要点：弓马转换与立掌、滚桥协调一致；滚桥力达前臂内侧。

4.2 缠桥

缠桥 001

传统术语：猫儿洗面。

现代术语：马步缠桥。

源流：洪拳虎鹤双形拳第二十九式。

技法：缠。

动作过程：（1）右脚上步屈膝成马步；同时，双拳变掌按于腹前，掌指相对；目视前方。

（2）左掌变虎爪，由腹前向右、向上经面部向左划弧至左肩前。接着，右手变虎爪由腹前向左、向上经面部向右划弧至右肩前；同时，左手顺势沿身体左侧向下划弧至腹前。

（3）上动不停，此动作再划弧一圈至左右虎爪立于肩前，掌心向前；马步不变；目视右虎爪。

动作要点：划弧为连续滚桥和圈桥，以腰带臂；一臂沿另一臂内旋缠绕，动作连贯，富有节奏感；圈桥力达前臂；抓法力达指尖。

缠桥 002

传统术语：灵猴摘果。

现代术语：半马步缠桥。

源流：周家拳体系。

技法：缠。

动作过程： 左脚上步屈膝成半马步；同时，左手向左摊掌，掌心向上；右手抱拳收于腰间，拳心向上。接着，左手以腕关节为轴顺时针划圈一周握拳，拳心向下，高与腰平；右拳抱于腰间不变；目视左前方。

动作要点： 左手圈缠一周整体动作协调，重心不要起伏；手法清晰，缠桥富有缠绕感；缠桥力达前臂。

4.3 沉桥

沉桥 001

传统术语：金桥双定。

现代术语：马步沉桥。

源流：洪拳虎鹤双形拳第十九式。

技法：沉。

动作过程： 右脚上步屈膝成马步；同时，双掌向前标掌，掌心相对，随即双肘下沉，双臂微屈，掌心斜向前，指尖向上；目视前方。

动作要点： 标掌与沉桥动作连贯；沉桥要突然；沉桥力达前臂。

4.4 穿桥

穿桥 001

传统术语：坐马单桥。

现代术语：半马步穿桥。

源流：洪拳虎鹤双形拳第三十五式。

技法：穿。

动作过程：左脚上步屈膝成马步；同时，左掌变单指由右臂下方经右肘下沿前臂向前穿出；右手随势抱拳收于腰间，拳心向上；目视左掌。

动作要点：左臂沿右臂下方穿桥；穿桥力达前臂用于格挡。

穿桥 002
传统术语：毒蛇吐雾。
现代术语：高虚步穿桥。
源流：洪拳体系。
技法：穿。

动作过程：左脚向左侧后退步屈膝成右高虚步；同时，右掌由外向里经胸前抹掌变拳收于腰间；左掌顺势由腰间经右前臂下方向右前方弧形穿出，掌心向下，掌指外撇；目视左掌。
动作要点：退步时，抹与穿桥协调一致；穿桥力达前臂。

4.5 盘桥

盘桥 001
传统术语：狮子滚球。
现代术语：马步盘桥。
源流：洪拳体系。
技法：盘。

动作过程： 左脚开步屈膝成马步；同时，右虎爪置于胸前，左虎爪置于腹前，双虎爪掌心相对，随即左右虎爪在腹前沿逆时针方向划立圆连续多次滚动；目视双手方向。

动作要点： 立圆滚动时，双虎爪掌心保持相对状；盘桥滚动流畅、圆活，富有节奏感；力达爪心。

盘桥 002
传统术语：古树盘根。
现代术语：骑龙步盘桥。
源流：洪拳体系。
技法：盘。

动作过程：右脚上步屈膝成骑龙步；同时，双掌在体前沿顺时针方向划立圆滚动，垂直于身体，掌心相对；目视右掌。

动作要点：盘桥时，骑龙步稳定，滚动成立圆；盘桥双掌心保持相对状，滚动流畅、圆活，富有节奏感。

4.6 截桥

截桥 001
传统术语：两耳定神。
现代术语：马步截桥。
源流：洪拳体系。
技法：截。

动作过程： 左脚开步屈膝成马步；同时，双掌变拳屈臂经体前向上至头顶上方交叉，随即向下、向两侧下劈至同侧膝前，拳心向下；目视前方。

动作要点： 马步与截桥协调一致；双臂内旋上架，外旋下劈；截桥力达前臂外侧。

5 步型

5.1 弓步

弓步 001
传统术语：罗汉伸腰。
现代术语：弓步撞拳。
源流：李家拳体系。
技法：撞。

动作过程： 左脚上步屈膝成半马步抱拳，拳心向上。接着，右腿蹬直成左弓步；同时，双拳由腰间向前撞出，右拳置于头上方，拳心向下，左拳置于左腿内侧，拳心向上；目视撞拳方向。

动作要点： 弓步与撞拳协调一致，撞拳时身体向左侧拉伸；力达拳面。

弓步 002

传统术语：蝴蝶纷飞。

现代术语：弓步推掌。

源流：洪拳虎鹤双形拳第六十式。

技法：推。

动作过程：左脚上步屈膝成左弓步；同时，双手叠掌向左前方推出，左掌在上，右掌在下，掌心均向前；目视前方。

动作要点：弓步与推掌协调一致；力达掌心或掌外沿。

弓步 003
传统术语：虎豹双拳。
现代术语：弓步冲拳。
源流：洪拳虎鹤双形拳第一百零九式。
技法：冲。

动作过程：（1）左脚上步屈膝成右高虚步；同时，双虎爪经体前向上、向前探抓后屈肘置于同侧胸前，掌心向下；目视前方。

（2）右脚向前上步屈膝成右弓步；同时，双虎爪变豹拳由胸前向前冲出，拳心向下；目视前方。

动作要点：弓步与冲拳协调一致；豹拳力达第二、第三指关节环突。

弓步 004

传统术语：醉酒八仙。

现代术语：弓步扫撞拳。

源流：洪拳虎鹤双形拳第八十二式。

技法：扫、撞。

动作过程：（1）右脚向左前方盖步，随即左脚向左抬起，略高于腰；同时，双臂由内向上、向外划弧一周交叉至体前，随即左手向身体后侧截击至左腿上方，掌心向下，右掌随势向右抡摆至身体右侧，掌心斜向上，略高于头；目视左腿方向。

（2）左脚向右前方盖步，随即右脚上步屈膝成右弓步；同时，双臂于腹前交叉，左臂在上，拳心向下，右臂在下，拳心向上，随即双拳向身体两侧扫拳，左手拳心向下置于身体后方，右手拳心向上置于身体前方，高于头部；目视右拳。左侧方法相同，左右、方向相反。

动作要点：扫拳与弓步协调一致，富有节奏感；扫拳前手力达拳眼，后手力达前臂。

弓步 005
传统术语：伏虎连珠。
现代术语：弓步切掌。
源流：洪拳虎鹤双形拳第三十一式。
技法：切。

动作过程：右脚上步屈膝成右弓步；同时，左拳变掌由腰间向前、向下切掌，掌心向下；右拳置于腰间；目视前方。
动作要点：弓步与切掌协调一致；切掌力达掌外沿。

弓步 006

传统术语：左手破排。

现代术语：弓步切掌。

源流：洪拳虎鹤双形拳第二十六式。

技法：切。

动作过程：（1）右脚上步屈膝成左高虚步；同时，双掌由下向左、向上、向右划弧收于右肩前，右掌心斜向上，左掌心斜向下；目视前方。

（2）左脚向前上步屈膝成左弓步；同时，双掌由右肩前向体前横切，右掌心向上，左掌心向下；目视前方。

动作要点：弓步与切掌协调一致；切掌力达掌外沿。

弓步 007

传统术语：子午珠桥。

现代术语：弓步穿桥。

源流：洪拳虎鹤双形拳第三十二式。

技法：穿。

动作过程：右脚上步屈膝成右弓步；同时，左掌由左腰侧经体前沿右臂下向右、向前、向左上穿出，掌心斜向前；右拳抱于腰间；目视左前方。

动作要点：穿掌力达前臂外侧。

弓步 008

传统术语：沉桥穿珠。

现代术语：弓步标指。

源流：洪拳虎鹤双形拳第三十三式。

技法：标。

动作过程：（1）左脚上步屈膝，右脚跟进脚尖点地成右虚步；同时，左臂挑肘，左肘尖向前；右拳顺势置于腰间；目视肘尖。

（2）右脚向前上步屈膝成右弓步；同时，左臂沉肘，左单指手变掌由腰间向前标出，掌心向下；右拳抱于腰间，拳心向上；目视前方。

动作要点：弓步与标掌协调一致；标掌力达指尖。

弓步 009

传统术语：指尾撑天。

现代术语：弓步沉桥。

源流：洪拳虎鹤双形拳第三十四式。

技法：沉。

动作过程：左脚上步屈膝成左弓步；同时，右手向前标指，随即右臂向下沉桥，掌指向上，掌心斜向前；目视前方。

动作要点：力达前臂。

弓步 010

传统术语：进马出掌。

现代术语：弓步推掌。

源流：洪拳虎鹤双形拳第三十六式。

技法：推。

动作过程： 左脚向前上步屈膝成左弓步；同时，右掌由腰间向右前方推出，掌心斜向上，指尖向右；左拳抱于腰间；目视前下方。

动作要点： 弓步与推掌协调一致；推掌力达掌外沿。

弓步 011

传统术语：虎眼豹捶。

现代术语：弓步贯拳。

源流：洪拳虎鹤双形拳第四十六式。

技法：贯。

动作过程： 右脚向前上步屈膝成右弓步；同时，双拳由腰间经体侧向前上方贯拳，拳眼斜向下，臂微屈；目视前方。

动作要点： 贯拳高不过头，低不过口，相距约一头宽；力达食指第一指关节突或拳面。

弓步 012

传统术语：双鬼拍门。

现代术语：弓步双挂拳。

源流：洪拳体系。

技法：挂。

动作过程： 右脚向前上步屈膝成右弓步；同时，双掌变拳由腰间经体前向上、向前弧形挂出，臂微屈，拳心向上；目视前方。

动作要点： 弓步与挂拳协调一致；挂拳击打对方面部或胸部；力达前臂或拳背。

弓步 013

传统术语：右鹤顶法。

现代术语：弓步凤眼拳。

源流：洪拳虎鹤双形拳第七十七式。

技法：冲。

动作过程： 右脚向后撤步，左腿屈膝成左弓步；同时，左凤眼拳经体前向上、向左划弧置于左肩前，拳心向内，高与眼齐；右凤眼拳由腰间向前冲拳，拳心向下；目视前方。

动作要点： 格桥与冲拳协调一致；凤眼拳以肘关节为轴，力达食指第二指关节突。

弓步 014

传统术语：孤雁出群。

现代术语：弓步插掌。

源流：蔡家拳体系。

技法：插。

动作过程： 左脚上步屈膝成左弓步；同时，右拳变掌由腰间向前插出，掌心向下；左掌顺势托掌于胸前，掌心向上；目视前方。

动作要点： 弓步与插掌协调一致；力达指尖。

弓步 015

传统术语：孔雀开屏。

现代术语：弓步挂拳。

源流：蔡家拳体系。

技法：挂。

动作过程： 左脚上步屈膝成左弓步；同时，双臂由下向上经腹前交叉至前额上方再向左右两侧挂拳，拳心斜向上；目视右前方。

动作要点： 上步与挂拳协调一致；力达前臂。

弓步 016

传统术语：扯线拳。

现代术语：弓步穿鞭拳。

源流：侠家拳体系。

技法：鞭。

动作过程：（1）左脚上步屈膝成马步；同时，双手变拳交叉于胸前，左拳在外，右拳在内，双拳心向外；目视前下方。

（2）右腿蹬直成左弓步；同时，双臂向身体两侧鞭拳；目视右前方。

动作要点：弓步转换与穿鞭协调一致；力达拳背。

弓步 017

传统术语：金星挂角。

现代术语：弓步鞭扫拳。

源流：蔡家拳体系。

技法：鞭、扫。

动作过程：左脚上步屈膝成左弓步；同时，左拳由右肩前向左、向后扫出，拳心斜向上；右拳由右向前、向左扫出，略高于右肩，拳心斜向上；目视前方。

动作要点：弓步与鞭扫拳协调一致；力达前臂。

弓步 018

传统术语：乌龙摆尾。

现代术语：弓步甩掌。

源流：洪拳体系。

技法：甩。

动作过程： 左脚上步屈膝成左弓步；同时，右手由腰间向下、向前甩击，掌心向左，掌指斜向上；左拳抱于腰间；目视前方。

动作要点： 弓步与甩掌协调一致；力达前臂。

弓步 019

传统术语：大小化龙。

现代术语：弓步蛇形手。

源流：洪拳体系。

技法：圈。

动作过程： 左脚上步屈膝成左弓步；同时，左蛇形手由左至右向上、向左前方划弧收至左腰间；右蛇形手由右向前方沿逆时针方向划弧，内旋一圈置于右肩前；目视指尖。

动作要点： 弓步与蛇形手协调一致；富有节奏；力达指尖。

弓步 020

传统术语：洗脸捶。

现代术语：弓步抛拳。

源流：侠家拳体系。

技法：抛。

动作过程： 左脚上步屈膝成左弓步；同时，左拳向上经面部向右、向下抡摆至身后，拳心向下；右拳顺势由下向上经体前向前抛拳，拳心向下；目视前方。

动作要点： 弓步与抛拳协调一致，手臂抛至与肩平；力达拳背。

弓步 021

传统术语：照镜捶。

现代术语：弓步撞拳。

源流：侠家拳体系。

技法：撞。

动作过程： 左脚上步屈膝成左弓步；同时，左拳由下向上经面部向右、向下摆至左侧身后成虎爪，掌心向后；右拳由下沿中线向前撞拳，拳面向上；目视右前方。

动作要点： 弓步与勾拳协调一致；力达拳面。

弓步 022

传统术语：鳝拳。

现代术语：弓步钉拳。

源流：侠家拳体系。

技法：钉。

动作过程： 左脚上步屈膝成左弓步；同时，右拳由腰间向前下方钻拳，拳心斜向右；左拳顺势抱至腰间；目视前下方。

动作要点： 弓步与下钻拳协调一致；力达拳面。

弓步 023

传统术语：上马闩桥。

现代术语：弓步鹤顶手。

源流：蔡李佛拳体系。

技法：顶。

动作过程： 右脚上步屈膝成右弓步；同时，右手五指捏拢成鹤顶手向前顶出，勾尖向内；左掌顺势向前推至右腕关节内侧，掌心斜向右，掌指向上；目视前方。

动作要点： 弓步与推掌、撞顶协调一致；左掌参与攻防；力达右手鹤顶。

弓步 024

传统术语：关平抱印。

现代术语：弓步抱爪。

源流：刘家拳体系。

技法：抱。

动作过程： 左脚向前上步屈膝成左弓步；同时，双手变虎爪，左虎爪向左、向前、向右屈臂收至胸前，掌心向下；右虎爪向右、向下、向左收至腹前，掌心向上；目视右前方。

动作要点： 弓步与抱爪协调一致，抱爪手心相对；力达五指。

弓步 025

传统术语：撞拳。

现代术语：弓步撞拳。

源流：刘家拳体系。

技法：撞。

动作过程： 左脚向前上步屈膝成左弓步；同时，左拳向前冲出，随即屈肘收于腹前；右拳由腰间向上经头顶上方向左撞打，身体顺势向左倾斜双拳拳眼相对；目视左前方。

动作要点： 弓步与撞拳协调一致；力达拳面。

弓步 026
传统术语：二龙争珠。
现代术语：弓步穿指。
源流：刘家拳体系。
技法：穿。

动作过程： 右脚上步屈膝成右弓步；同时，左虎爪由左向右经腹前穿出后置于右膝前上方，掌心斜向上；右掌成蛇形手由下向右、向上摆至头顶右上方，掌心向下；目视左前方。

动作要点： 左虎爪与右双指协调一致；力达指尖。

5.2 仆步

仆步 001
传统术语：白鹤扫翅。
现代术语：仆步劈掌。
源流：咏春拳体系。
技法：劈。

动作过程： 左腿屈膝全蹲成右仆步；同时，右拳变掌经面部划弧至左肩前，随即向右腿前上方切出，掌心向下，掌指斜向前；左臂屈肘，左掌顺势收于左肩前，高与眉齐，掌心向内；目视右前方。

动作要点： 仆步与切掌协调一致；切掌力达掌外沿。

仆步 002

传统术语：铁牛入石。

现代术语：仆步劈掌。

源流：连城拳体系。

技法：劈。

动作过程： 左腿屈膝全蹲成右仆步；同时，右掌由上向下劈至右腿前上方，掌心向左，掌指斜向上；左掌顺势立于右肩前；目视右前方。

动作要点： 仆步与切掌协调一致；切掌力达掌外沿。

仆步 003

传统术语：猛虎扒沙。

现代术语：仆步虎爪。

源流：洪拳体系。

技法：抓。

动作过程： 左腿屈膝全蹲成右仆步；右手由左臂内侧经上向右划弧、向前探抓，左虎爪顺势摆至右肩前；目视右前方。

动作要点： 虎爪在体前由上向下依次抓两次；力达爪指。

5.3 虚步

虚步 001

传统术语：虎鹤齐鸣。

现代术语：虚步推掌冲拳。

源流：洪拳虎鹤双形拳第一百一十二式。

技法：推、冲。

动作过程： 右脚、左脚上步，左脚脚尖点地成左虚步；同时，身体右转，双臂握拳屈肘置于胸前，随即右拳前冲，左拳变掌前推；目视前方。

动作要点： 虚步与推掌冲拳协调一致；推掌力达掌指外侧；冲拳力达拳面。

5.4 蝶步

单蝶步 001

传统术语：雷公劈石。

现代术语：单蝶步劈拳。

源流：李家拳体系。

技法：劈。

动作过程： 左脚上步屈膝，右小腿内侧贴地成右单蝶步；同时，右掌变拳由上向下劈拳，拳心向上；左掌成立掌护于右肩前；目视右前方。

动作要点： 单蝶步与劈拳协调一致；劈拳力达前臂。

单蝶步 002

传统术语：卧牛探蹄。

现代术语：单蝶步截桥。

源流：蔡李佛拳体系。

技法：截。

动作过程： 左脚上步屈膝，右小腿内侧贴地成右单蝶步；同时，右拳由下向右、向上划弧至头上，随即向右下方截桥，拳心斜向左下方；左拳以肘关节为轴由下经腹前向上划弧至左肩前上方，拳心斜向左后方；目视右前方。

动作要点： 单蝶步与截桥协调一致；截桥力达前臂。

单蝶步 003

传统术语：虎卧中堂。

现代术语：单蝶步压肘。

源流：蔡李佛拳体系。

技法：压。

动作过程： 左脚上步屈膝，右小腿内侧贴地成右单蝶步；同时，右臂屈肘由下向右、向上、向前下方压肘；左掌护于右臂外侧；目视右下方。

动作要点： 单蝶步与击肘协调一致，击肘短促有力；力达肘尖。

单蝶步 004

传统术语：将军带马。

现代术语：单蝶步冲拳。

源流：蔡家拳体系。

技法：冲。

动作过程： 右脚向前方上步屈膝，左小腿内侧贴地成左单蝶步；同时，右拳由腰间向右前方冲出，成立拳；左虎爪顺势置于右肘内侧，掌心斜向右，略低于右肘；目视右前方。

动作要点： 单蝶步与冲拳协调一致；冲拳力达拳面。

单蝶步 005

传统术语：燕子回巢。

现代术语：单蝶步截桥。

源流：蔡家拳体系。

技法：截。

动作过程： 右脚落步，右小腿内侧贴地成右单蝶步；同时，右拳由下向前经面部划弧，随即向右腿前上方截出，拳心向下；左拳由下向左、向上经面部划弧顺势摆至头左侧上方，拳眼向后；目视右前方。

动作要点： 单蝶步与截桥协调一致；力达前臂。

单蝶步 006
传统术语：猿猴偷桃。
现代术语：单蝶步反撩爪。
源流：洪拳体系。
技法：撩。

动作过程： 右脚上步屈膝，左小腿内侧贴地成左单蝶步；同时，右掌变虎爪向下、向右、向上划弧，屈肘置于右额前，虎口向下，掌心向外；左掌变虎爪以肘关节为轴由胸前向左划弧一圈随即向左上方反撩爪，掌心向后；目视左虎爪。
动作要点： 单蝶步与反撩爪协调一致；力达爪指。

单蝶步 007
传统术语：灵龙伏地。
现代术语：单蝶步擒拿爪。
源流：洪拳体系。
技法：抓。

动作过程： 左脚上步屈膝，右小腿内侧贴地成右单蝶步；同时，双手变虎爪，由下向上、向左前方擒拿；目视左前方。
动作要点： 单蝶步与反撩爪协调一致；力达爪指。

单蝶步 008
传统术语：狮子开口。
现代术语：单蝶步仰爪。
源流：洪拳体系。
技法：撩。

动作过程：左脚上步屈膝，右小腿内侧贴地成右单蝶步；同时，左虎爪由下向前上方抓出，掌心斜向上，虎口向下，左臂自然伸直，略高于头；右臂屈肘置于头部右上方，掌心向前，虎口斜向下；目视左上方。

动作要点：单蝶步与虎爪协调一致；双手十指微屈，形成双虎爪；力达指尖。

单蝶步 009
传统术语：龙抬头。
现代术语：单蝶步虎爪。
源流：洪拳体系。
技法：提。

动作过程：左脚上步屈膝，右小腿内侧贴地成右单蝶步；同时，右手五指微屈成虎爪，由上向下、向上从腰间穿出；左拳顺势抱于腰间，拳心向上；目视右前方。

动作要点：下肢与双手动作协调；方法清晰；力达爪指。

单蝶步 010

传统术语：二龙戏珠。

现代术语：单蝶步插指。

源流：洪拳体系。

技法：插。

动作过程： 左脚上步屈膝，右小腿内侧贴地成右单蝶步；同时，双手食指和中指伸直分开，其余手指弯曲，双臂由胸前向前插出；目视前方。

动作要点： 力达指尖。

双蝶步 011

传统术语：落地火星。

现代术语：双蝶步劈桥。

源流：李家拳体系。

技法：劈。

动作过程：（1）左脚向左开步；同时，左掌下按于腹前；右拳由后向上直臂上举；目视前方。

（2）接着，双腿屈膝跪地成双蝶步；同时，右拳由上向下劈桥；左掌立于右肩前；目视右方。

动作要点： 力达前臂。

5.5 骑龙步

骑龙步 001

传统术语：蛟龙出水。

现代术语：骑龙步横切掌。

源流：洪拳体系。

技法：切。

动作过程：右脚上步，右腿屈膝前弓成骑龙步；同时，双掌由左腰间经胸前向前切掌，右掌心向下，左掌心向上；目视前方。

动作要点：骑龙步与横切掌协调一致；力达双掌外沿。

骑龙步 002

传统术语：提壶敬酒。

现代术语：骑龙步击肘。

源流：洪拳体系。

技法：击。

动作过程：左脚上步，左腿屈膝前弓成骑龙步；同时，右掌变拳屈肘向右前方横击，拳心向下；左掌顺势变拳由下向外、向上经面部向右横向击打，置于前额上方，拳心向内；目视右前方。

动作要点：力达肘尖。

骑龙步 003

传统术语：碌静一顶。

现代术语：骑龙步压肘。

源流：洪拳体系。

技法：压。

动作过程： 左脚上步，左腿屈膝前弓成骑龙步；同时，右肘由上经体前向前下压肘；左掌顺势拍肘置于右前臂上方；目视压肘方向。

动作要点： 骑龙步与压肘协调一致；压肘力达肘尖。

骑龙步 004

传统术语：箭步猛冲。

现代术语：骑龙步冲拳。

源流：李家拳体系。

技法：冲。

动作过程： 右脚上步，右腿屈膝前弓成骑龙步；同时，右拳回拉至右肩前，右肘高与肩平；左掌变拳向前冲出，拳眼向上；目视左拳。

动作要点： 骑龙步与冲拳协调一致；冲拳立拳力达拳面。

骑龙步 005

传统术语：滚珠标膀。

现代术语：骑龙步截桥。

源流：洪拳体系。

技法：截。

动作过程： 左脚上步，左腿屈膝前弓成骑龙步；同时，身体微左转，左掌沿逆时针方向在体前划弧上架于左头顶前上方；右掌变拳由体侧向右、向上经体前向前下方截桥，拳心向下；目视右前方。

动作要点： 骑龙步与截桥协调一致；力达前臂。

骑龙步 006

传统术语：单龙出水。

现代术语：骑龙步虎爪。

源流：洪拳体系。

技法：抓。

动作过程： 右脚向前上步，右腿屈膝前弓成骑龙步；同时，右拳变虎爪向左、向上经面部向前推出，掌心向前，虎口斜向上；左掌变虎爪向上、向右、向下划弧至右肘下方，掌心向右；目视右前方。

动作要点： 上下动作协调，骑龙步撑裆；右拳变虎爪前抓，团胛完成；力达爪指。

骑龙步 007

传统术语：黑虎掏心。

现代术语：骑龙步撞拳。

源流：洪拳体系。

技法：撞。

动作过程：右脚向右前上步，右腿屈膝前弓成骑龙步；同时，右掌变拳在身体右侧沿顺时针方向划弧一圈随即由下向上撞出，拳面斜向上，拳心向斜后上方；左掌顺势按掌于右前臂处；目视前方。

动作要点：骑龙步与上撞拳动作协调一致；撞拳力达拳面。

骑龙步 008

传统术语：青龙探爪。

现代术语：骑龙步穿桥。

源流：蔡李佛拳体系。

技法：穿。

动作过程：右脚上步，右腿屈膝前弓成骑龙步；同时，左拳变掌由左腰间经右臂下方向前弧形穿出，掌心向下，指尖斜向左；右拳顺势向前、向左横摆收回抱拳于腰间，拳心向上；目视左前方。

动作要点：骑龙步与穿掌协调一致；穿桥力达指尖。

骑龙步 009

传统术语：转身撇竹。

现代术语：骑龙步劈桥。

源流：洪拳体系。

技法：劈。

动作过程： 左脚上步，左腿屈膝前弓成骑龙步；同时，右拳屈臂上举至身体右后方随即向前下方劈拳，拳心向上；左掌顺势立掌于右肩前，掌心向右；目视右前方。

动作要点： 骑龙步与劈拳协调一致；力达前臂。

骑龙步 010

传统术语：猴子偷桃。

现代术语：骑龙步反撩爪。

源流：蔡李佛拳体系。

技法：撩。

动作过程： 左脚上步，左腿屈膝前弓成骑龙步；同时，身体微左转，右虎爪由下向右经体前向体后左下方反撩爪，掌心斜向右上方；左虎爪由右胸前向下经腹前向左、向上划弧至右肩前，掌心向右；目视右后方。

动作要点： 力达爪指。

骑龙步 011

传统术语：挞拳。

现代术语：骑龙步架劈拳。

源流：侠家拳体系。

技法：劈。

动作过程： 左脚上步，左腿屈膝前弓成骑龙步；同时，左掌由下向上架于前额上方，虎口向前下；右拳由右上向左前下方劈出，拳心向左后；目视前方。

动作要点： 左手滚桥完成，开肩架臂；劈拳力达前臂。

骑龙步 012

传统术语：伏虎待食。

现代术语：骑龙步按爪。

源流：洪拳体系。

技法：按。

动作过程： 左脚上步，左腿屈膝前弓成骑龙步；同时，双手变虎爪，均由下向外、向上经面部向前下按爪，掌心均向下；目视右后方。

动作要点： 前臂上挂下滚；按爪团胛，力达爪指。

骑龙步 013

传统术语：金龙探爪。

现代术语：骑龙步虎爪。

源流：洪拳体系。

技法：抓。

动作过程： 右脚上步，右腿屈膝前弓成骑龙步；同时，双虎爪经体侧向右、向后收至腰右侧，迅即左虎爪向前探爪，置于右髋前方，掌心向外，虎口向上；右虎爪顺势屈肘架于右额前上方，掌心向右，虎口向下；目视左前方。

动作要点： 骑龙步与虎爪协调一致；力达爪指。

5.6 马步

马步 001

传统术语：双提日月。

现代术语：马步撞拳。

源流：洪拳虎鹤双形拳第十四式。

技法：撞。

动作过程： 双腿屈膝成马步；同时，双拳从腰间由下向体前上方撞拳，拳心向内，高与肩平；目视前方。

动作要点： 马步下蹲抓地；腰力带动，力达拳面。

马步 002

传统术语：双龙出海

现代术语：马步标掌。

源流：洪拳虎鹤双形拳第十八式。

技法：标。

动作过程： 双腿屈膝成马步；同时，双拳变掌，由腰间向前标出，掌心向下；目视前方。

动作要点： 以腰带动，十指张力；力达指尖。

马步 003

传统术语：水底捞月。

现代术语：马步抄掌。

源流：洪拳虎鹤双形拳第二十二式。

技法：抄。

动作过程： 双腿屈膝成马步；同时，双掌由体前向上经面部再由身体两侧向下划弧成双臂体前交叉；右臂在下，左臂在上，双掌心向上；目视前下方。

动作要点： 目随手动后目视前方；力达掌心。

马步 004
传统术语：霸王举鼎。
现代术语：马步撑掌。
源流：洪拳虎鹤双形拳第二十三式。
技法：撑。

动作过程： 双腿屈膝成马步；同时，双掌经腹前交叉向上、向头两侧上撑，掌心向上，掌指相对；目视上方。
动作要点： 力达掌外沿。

马步 005
传统术语：左运柔桥。
现代术语：马步运桥。
源流：洪拳虎鹤双形拳第二十式。
技法：运。

动作过程： 双腿屈膝成马步；同时，双单指手由体前向左横摆至身体左侧，随即收至同侧胸前后向身体左侧推出，掌心向左；目随手动。
动作要点： 力达前臂。

马步 006

传统术语：浪里抛球。

现代术语：马步挂扫拳。

源流：洪拳虎鹤双形拳第四十一式。

技法：挂、扫。

动作过程： 双腿屈膝成马步；同时，右拳由右上向体前下方挂拳，左拳抱于腰间。紧接着，右拳经身体右侧向后、向右前上方扫拳，收于身体左侧，拳心向下；左拳不变；目视进攻方向。

动作要点： 挂、扫动作连贯协调；挂拳力达拳背，扫拳力达拳面。

马步 007

传统术语：玄坛伏虎。

现代术语：马步按掌。

源流：洪拳虎鹤双形拳第三十七式。

技法：按。

动作过程： 双腿屈膝成马步；同时，身体左转，右拳变掌由腰间按至腹前，掌心向下；左拳抱于腰间；目视前方。

动作要点： 马步与按掌连贯统一；力达掌根。

马步 008

传统术语：金刚出洞。

现代术语：马步架掌。

源流：洪拳虎鹤双形拳第三十八式。

技法：架。

动作过程： 双腿屈膝成马步；同时，右掌由腹前上架于前额上方，掌心斜向上；左掌变拳抱于腰间；目视前上方。

动作要点： 双脚五趾抓地；架掌力达掌外沿。

马步 009

传统术语：削竹连枝。

现代术语：马步劈掌。

源流：洪拳虎鹤双形拳第三十九式。

技法：劈。

动作过程： 双腿屈膝成马步；同时，右掌经头顶右上方向左下斜劈至左腹前，掌心斜向左上方；左掌变拳顺势抱于腰间；目视左下方。

动作要点： 力达掌外沿。

马步 010

传统术语：拨草寻蛇。

现代术语：马步拨掌。

源流：洪拳虎鹤双形拳第四十式。

技法：拨。

动作过程： 双腿屈膝成马步；同时，右掌由左下向上、向右经面部划弧收于右腰间，掌心向下，虎口向前；左拳抱于腰间；目视右下方。

动作要点： 力达腕部。

马步 011

传统术语：单弓千字。

现代术语：马步切掌。

源流：洪拳虎鹤双形拳第四十九式。

技法：切。

动作过程： 右脚上步屈膝成马步；同时，右拳变掌由腰间经体前向左前上方横切，臂微屈，掌心斜向上；左掌变拳抱于腰间；目视左前方。

动作要点： 以腰催力，力达掌外沿。

马步 012
传统术语：双龙伏蛟。
现代术语：马步插掌。
源流：蔡家拳体系。
技法：插。

动作过程：左脚上步屈膝成马步；同时，双掌掌心向上经同侧腰间向前标出，掌心向下，掌指向前，高与肩平；目视前方。
动作要点：以腰催力，力达指尖。

马步 013
传统术语：双剑切桥。
现代术语：马步切桥。
源流：洪拳虎鹤双形拳第二十五式。
技法：切。

动作过程：双腿屈膝成马步；同时，双掌立于腰间，随即屈臂向体前上方切出，与胸面部同高，虎口向上，指尖斜向上；目视前方。
动作要点：力达掌外沿。

马步 014

传统术语：飞鸿敛翼。

现代术语：马步分掌。

源流：洪拳虎鹤双形拳第二十四式。

技法：拨。

动作过程： 双腿屈膝成马步；同时，双掌由前额上方经面部至体前交叉并收于两腰间，掌心向下，虎口向前；目视右手方向。

动作要点： 分掌时，双手臂外旋，力达腕部。

马步 015

传统术语：双剑断金。

现代术语：马步托掌。

源流：洪拳体系。

技法：托。

动作过程： 双腿屈膝成马步；同时，双拳变掌分别由同侧腰间向前上方托出，高与肩平；掌心斜向上；目视前方。

动作要点： 力达掌外沿。

马步 016

传统术语：双托掌。

现代术语：马步双托掌。

源流：刘家拳体系。

技法：托。

动作过程： 双腿屈膝成马步；双掌由体前向上经头顶前上方向两侧划弧至腰间，接着向上托掌至胸前，双臂自然伸直，掌心向上，掌指向前；目视前方。

动作要点： 力达掌心。

马步 017

传统术语：双插掌。

现代术语：马步反插掌。

源流：刘家拳体系。

技法：插。

动作过程： 双腿屈膝成马步；同时，双拳变掌经胸前向前下内旋插至腹前方，掌心向外，虎口向下，掌指斜向下；目视插掌方向。

动作要点： 前臂内旋反插；力达指尖。

马步 018
传统术语：草上游蛇。
现代术语：马步运桥。
源流：洪拳体系。
技法：运。

动作过程： 双腿屈膝成马步；同时，双手食指和中指伸直分开，其余手指弯曲，右手、左手经腹前依次由内向上、向外弧形穿运桥，双手指尖保持向前；目随手动。

动作要点： 穿桥过程保持手型；以腰带动，力达前臂。

5.7 半马步

半马步 001
传统术语：渔家撒网。
现代术语：半马步砍掌。
源流：李家拳体系。
技法：砍。

动作过程： 左脚上步屈膝成半马步；同时，双拳变掌，双臂由下向右、向上经头面部向左下方砍掌，左掌置于左膝外侧，掌指向前，掌心斜向下，右掌成立掌，置于右肩前；目视左前方。

动作要点： 半马步与砍掌协调一致；砍掌力达掌外沿。

半马步 002

传统术语：宿鸟投林。

现代术语：半马步切掌。

源流：蔡家拳体系。

技法：切。

动作过程： 左脚上步屈膝成马步；同时，身体微左转，右拳变掌由右腰间经体前向左前上方切掌于左肩前方，掌心向左，虎口斜向上；左掌顺势变拳收于腰间，拳心向上；目视左前方。

动作要点： 力达掌外沿。

半马步 003

传统术语：偷马捞爪。

现代术语：半马步云抓手。

源流：蔡李佛拳体系。

技法：抓。

动作过程： 左脚上步屈膝成半马步；同时，双手成虎爪，双臂运过头顶向体前下方探抓，左虎爪置于左腿上方，掌指向左，掌心向前，右虎爪置于左肘关节内侧，掌心斜向右；目视左前方。

动作要点： 马步与云抓手协调一致；力达爪指。

半马步 004

传统术语：二蛇分路。

现代术语：半马步穿指。

源流：洪拳体系。

技法：穿。

动作过程： 右脚上步屈膝成半马步；同时，双蛇形手由上向下经身体两侧穿出，掌指向右；目视右前方。

动作要点： 力达指尖。

半马步 005
传统术语：二蛇下插。
现代术语：半马步插指。
源流：洪拳体系。
技法：插。

动作过程： 右脚上步屈膝成半马步；同时，双蛇形手、双臂内旋经面部向前下方插指，右手在前，虎口向下，掌心向后，左手在后置于右肘内下侧，掌心斜向下；目视插指方向。

动作要点： 半马步与插指协调一致；力达指尖。

半马步 006
传统术语：玉蛇昂头。
现代术语：半马步拨指。
源流：洪拳体系。
技法：拨。

动作过程： 双腿屈膝成半马步；同时，右手依次向左、向右横拨后随即提腕，置于右膝上方，掌心向下，高与眼平；左蛇形手顺势置于右肘内侧，掌心向上；目视右前方。

动作要点： 横拨前臂有力；力达腕部。

半马步 007

传统术语：灵蛇归洞。

现代术语：半马步蛇形手。

源流：洪拳体系。

技法：穿。

动作过程：（1）左脚上步屈膝成半马步；同时，左蛇形手由左腰侧经胸前蛇形向前探出后收回至腰间；右蛇形手随势后摆收至右腹前，掌心向下，手指向前；目视前方。

（2）右腿蹬直成左弓步，迅即重心后移成半马步；同时，右蛇形手由腹前向前直线穿出，随重心后移迅即收回至腹前。

（3）步型不变；右蛇形手随上体游动由外向前、向内蠕动，不少于两次；左蛇形手置于左腰侧随势配合运动；目视左前方。

动作要点：弓马转换与左右蛇形手的探、穿协调配合；以腰带动，蛇形手松、蠕、快，不失整体和沉稳。

半马步 008
传统术语：毒蛇吐雾。
现代术语：半马步挑插指。
源流：洪拳体系。
技法：挑、插。

动作过程： 右脚上步屈膝成半马步；同时，左蛇形指由下向上摆至胸前，掌心向上，指尖向前；右蛇形手由右肩前经左蛇形指上方向右前下方滚桥插击，置于右膝前方内侧，虎口向下，掌心向后；目视插指方向。

动作要点： 力达指尖。

半马步 009

传统术语：补一掌。

现代术语：半马步推掌。

源流：莫家拳体系。

技法：推。

动作过程： 右脚上步屈膝成半马步；同时，右手成掌由右腰侧向前推出；左掌变拳顺势收抱于左腰间，拳心向上；目视右前方。

动作要点： 左拳后拉，以腰催手；力达掌外沿。

半马步 010

传统术语：锁喉爪。

现代术语：半马步锁喉。

源流：蔡家拳体系。

技法：抓。

动作过程：（1）右脚上步屈膝成半马步；同时，双手成龙形手，由下经体前向右前方抓出，右臂与肩同高，自然伸直，掌心向右，左手置于右肘内侧，掌心向右；目视右前方。

（2）步型不变。右手沉桥、外旋回拉成锁喉指，掌心斜向上；左手龙形爪不变；目视右前方。

动作要点：上步的抓与锁喉爪的拉协调一致；力达爪指。

半马步 011

传统术语：卸马截桥。

现代术语：半马步拨推掌。

源流：蔡家拳体系。

技法：拨、推。

动作过程： 右脚上步屈膝成半马步；同时，右掌由头左侧向右经体前向右下拨至右膝外侧；左掌由腰间经体前向右侧推出，置于胸前；目视右前方。

动作要点： 半马步与拨推掌协调一致；拨掌力达腕部，推掌力达掌根。

半马步 012
传统术语：左右鹤翼。
现代术语：半马步插掌。
源流：洪拳体系。
技法：插。

动作过程： 右脚上步屈膝成半马步；同时，左掌由下向上、向左划弧格挡于左肩前；右掌由上向右、向下插出，置于右膝前，虎口向下，指尖向前下方；目视右前方。
动作要点： 右掌插击需前臂滚、截结合；力达指尖。

5.8 跪步

跪步 001

传统术语：燕子归巢。

现代术语：跪步截桥。

源流：蔡家拳体系。

技法：截。

动作过程：左脚上步，右脚跟进成跪步；同时，双臂上摆经头上交叉，随即右掌变拳由上向下向身体右侧劈拳，左掌变拳顺势收于腰间，拳心向内；目视右下方。

动作要点：跪步与劈拳协调一致；力达前臂。

跪步 002
传统术语：拱手见礼。
现代术语：跪步见礼。
源流：蔡李佛拳体系。
技法：推、冲。

动作过程：左脚上步屈膝成跪步；同时，左掌右拳，分别由两耳侧后推至胸前；目视前方。
动作要点：跪步与见礼协调一致。

5.9 高虚步

高虚步 001

传统术语：将军带马。

现代术语：高虚步沉桥。

源流：李家拳体系。

技法：沉。

动作过程： 右脚向后撤步屈膝成左高虚步；同时，双掌分别由腰间向体前插掌，随即双掌抓握变拳回拽，双臂屈肘；目视前方。

动作要点： 沉桥时，沉膝坐胯；力达双拳心与前臂。

高虚步 002

传统术语：猛虎推山。

现代术语：高虚步推掌。

源流：洪拳虎鹤双形拳第九十八式。

技法：推。

动作过程： 左脚退步屈膝成右高虚步；同时，左拳变掌由左腰间向前推出，掌心向前，指尖向上；右拳顺势抱拳收于腰间，拳心向上；目视前方。

动作要点： 退步与推掌协调一致；推掌力达掌根。

高虚步 003

传统术语：猛虎负隅。

现代术语：高虚步双虎爪。

源流：洪拳虎鹤双形拳第四十五式。

技法：抓。

动作过程： 左脚开步屈膝成右高虚步；同时，身体微左转，双虎爪由体前上方屈肘塌腕置于两肩上，虎口向下，掌心向前；目视右前方。

动作要点： 高虚步与虎爪协调一致；力达爪指。

高虚步 004

传统术语：鹤嘴沉肘。

现代术语：高虚步鹤嘴手。

源流：洪拳虎鹤双形拳第七十二式。

技法：啄。

动作过程： 左脚上步，右腿屈膝成左高虚步；同时，左手、右手依次变鹤嘴手向右前方啄击，左手翻手置于胸前，掌心向外，右手指尖向前；目视前方。

动作要点： 鹤嘴手连续进攻富有节奏感；力达指尖。

高虚步 005

传统术语：美娘搓衣。

现代术语：高虚步冲拳。

源流：蔡家拳体系。

技法：冲。

动作过程： 左脚上步，右腿屈膝成左高虚步；同时，左右拳由腰间向身体前下方交替连续冲拳，不少于3次；目视前下方。

动作要点： 冲拳连贯快速，富有节奏；力达拳面。

高虚步 006

传统术语：麻鹰捉鸡。

现代术语：高虚步托掌。

源流：蔡家拳体系。

技法：托。

动作过程： 右脚上步，左腿屈膝成右高虚步；同时，双掌经体侧由下向上、向前托掌，双掌掌心向上，右掌高与眉齐，左掌托于右肘内侧；目视前方。

动作要点： 双手托掌协调一致；力达掌心。

高虚步 007

传统术语：凤凰抖身。

现代术语：高虚步贯拳。

源流：蔡家拳体系。

技法：贯。

动作过程： 右脚上步，左腿屈膝成右高虚步；同时，右掌变拳由下向上收至右肩前，随即向身体前下方旋臂钻打，拳眼斜向下；左掌变拳顺势收抱于腰间，拳心向上；目视前下方。

动作要点： 钻拳滚桥击打；高虚步与钻拳协调一致；力达拳面。

高虚步 008

传统术语：悬崖勒马。

现代术语：高虚步抽桥。

源流：洪拳体系。

技法：抽。

动作过程： 右脚撤步屈膝成左高虚步；同时，身体微右转，右拳由体前向下、向右、向上回拉至头部右后侧方，拳心向前，高与头齐；左拳由前向后回拉至右胸前，拳心向下；目视左前方。

动作要点： 力达前臂。

高虚步 009
传统术语：回头蝶掌。
现代术语：高虚步蝶掌。
源流：洪拳体系。
技法：拨。

动作过程： 右脚向前上步，身体微右转，左腿屈膝成右高虚步；同时，左掌由身体左侧经左肩侧向右推掌至右肩前，掌心向右，指尖向上；右掌由身体左上方向下经腹前向右拦至右膝关节内侧上方，掌背向前，指尖向下；目视前方。

动作要点： 左掌经身体前侧推，力达掌外沿。

高虚步 010

传统术语：吊脚缠身。

现代术语：高虚步虎爪。

源流：洪拳体系。

技法：抓。

动作过程：左腿屈膝，右脚脚尖点地成右高虚步；同时，右虎爪经体前由左臂上方向右前方穿桥成虎爪，自然伸直；左虎爪由体前顺势收于腰间，掌心向下；目视前方。

动作要点：左右虎爪穿桥与虚步协调一致；力达爪指。

高虚步 011

传统术语：小鬼叫门。

现代术语：高虚步拨掌。

源流：蔡家拳体系。

技法：拨。

动作过程： 右脚向前上步，左腿屈膝成右高虚步；同时，身体右转90°，左掌随转体经左肩前向右斜方推掌至右肩前，右拳顺势回收于腰间；目视右前方。

动作要点： 左掌斜向推拦；力达掌心。

高虚步 012

传统术语：莲花盖顶。

现代术语：高虚步挂拳。

源流：蔡家拳体系。

技法：挂。

动作过程： 左腿屈膝，右脚脚尖点地成右高虚步；同时，右拳由下向上、向前屈臂挂拳于体前，略高于肩，拳心向斜后方；左拳顺势由下向上、向前屈臂挂拳收于腰间；目视右前方。

动作要点： 左、右挂拳连贯快速，击打目标一致；力达拳背。

高虚步 013
传统术语：醉汉掀桌。
现代术语：高虚步抛拳。
源流：蔡家拳体系。
技法：抛。

动作过程： 右脚上步屈膝，左脚跟进，脚尖点地成左高虚步；同时，右臂由下经体前向上抛拳，置于头部右侧上方，拳心向左，拳面向上；左臂由下向上经体前向左侧截桥至左胯旁，左臂微屈，拳心向内；目视前方。

动作要点： 高虚步与左截右抛协调一致；抛拳力达拳眼。

高虚步 014

传统术语：只履归西。

现代术语：高虚步摆掌。

源流：侠家拳体系。

技法：摆。

动作过程： 右腿屈膝，左脚脚尖点地成左高虚步；同时，右掌由下向上从左肩前经体前向右划弧摆掌于右肩前，臂微屈，成立掌，掌心向外；左掌顺势向左、向下托于腹前，掌心向上；目视右掌。

动作要点： 双手配合协调一致；力达掌外沿，富有节奏感。

高虚步 015

传统术语：白虎望路

现代术语：高虚步击肘。

源流：蔡李佛拳体系。

技法：击。

动作过程：右脚上步屈膝，左脚脚尖点地成左高虚步；同时，身体右转约90°，双臂屈肘随转体右肘向前横击，左肘顺势向后顶肘，双拳心向下，拳面相对；目视右前方。

动作要点：高虚步与击肘协调一致；右肘力达前臂外侧，左肘力达肘尖。

高虚步 016

传统术语：吊马攻掌。

现代术语：高虚步架掌。

源流：蔡李佛拳体系。

技法：架。

动作过程： 右脚上步屈膝，左脚脚尖点地成左高虚步；同时，右掌由下向上经面部架至头顶上方，虎口向下，掌心斜向上；左掌由胸前向前横切；目视左前方。

动作要点： 高虚步与架掌协调一致；力达掌外沿。

高虚步 017
传统术语：调虎离山。
现代术语：高虚步擒拿手。
源流：洪拳体系。
技法：抓。

动作过程：右腿屈膝，左脚脚尖点地成左高虚步；同时，双手成虎爪经体前由内向外弧形前抓，双掌心斜向下，左臂自然伸直，置于左膝前方，右虎爪顺势屈肘护于腹前；目视左下方。
动作要点：高虚步与擒拿爪协调一致；力达爪指。

高虚步 018

传统术语：象鼻拳。

现代术语：高虚步鞭拳。

源流：刘家拳体系。

技法：鞭。

动作过程： 左脚上步屈膝，右脚脚尖点地成右高虚步；同时，右拳由左肩前经体前向右鞭打；左手顺势抱拳至腰间；目视右前方。

动作要点： 力达拳背。

5.10 坐盘

坐盘 001

传统术语：猴子撒沙。

现代术语：坐盘撞拳。

源流：李家教体系。

技法：撞。

动作过程：（1）右脚上步，双腿屈膝成坐盘；同时，身体左转，双掌由头顶上方向下拍地；目视前下方。

（2）双掌变拳由下向上经体前向右前方撞击，右拳拳心向下置于身体右侧，与肩同高，左拳拳心向上置于右肘内侧；目视右前方。

动作要点：坐盘臀部着地，大小腿叠紧；坐盘与拍地协调一致；撞拳力达拳面。

5.11 盖步

盖步 001
传统术语：带马归槽。
现代术语：盖步勒手。
源流：白眉拳体系。
技法：抓。

动作过程： 左脚外撇向前上步，屈膝成盖步；同时，双掌变拳由右上方向左下拉拽收于左腰间，右拳拳心向上，左拳拳心向下；目视右前方。

动作要点： 上步盖步与抓拉协调一致；力达掌心和前臂。

5.12 丁步

丁步 001

传统术语：吊脚千字。

现代术语：丁步劈掌。

源流：洪拳虎鹤双形拳第五十七式。

技法：劈。

动作过程： 双腿屈膝，右脚脚尖点地成丁步；同时，左右掌上下斜向拉开，迅即右臂由右上方经体前向左下方斜劈，掌心向上，掌指斜向下；左掌顺势抓握右前臂；目视右侧。

动作要点： 丁步与劈拳协调一致；力达前臂。

丁步 002

传统术语：转身撇竹。

现代术语：丁步劈掌。

源流：洪拳虎鹤双形拳第五十八式。

技法：劈。

动作过程： 右脚起跳向左跳转180°，左脚落地，右脚脚尖点地，屈膝成丁步；同时，右手由下向上摆起后迅即向下劈掌，置于右膝外侧；左手由下向上摆起并顺势收于右腰间；目视右下方。

动作要点： 力达掌外沿。

丁步 003

传统术语：偷马浪翼。

现代术语：丁步虎爪。

源流：蔡李佛拳体系。

技法：抓。

动作过程：右脚跳步落地，左脚脚尖点地，屈膝成丁步；同时，双虎爪由下向上经身体两侧划弧至同侧肩上，塌腕，虎口向下，掌心向外；目视左前方。

动作要点：换跳步成丁步与虎爪协调一致；力达爪指。

5.13 拐步

拐步 001

传统术语：白马献蹄。

现代术语：拐步弹踢腿。

源流：洪拳虎鹤双形拳第三十式。

技法：弹。

动作过程： 双拳抱于腰间，左脚向右前方上步，屈膝成拐步；同时，双掌变拳抱于腰间，拳心向上；目视右方。随即右腿由右向上、向左圈腿后向前弹出；左腿独立支撑；双拳保持不变；目视右前方。

动作要点： 圈腿紧凑，幅度宜小，上体稳定；弹腿力达脚尖或脚背。

拐步 002
传统术语：铁扇关门。
现代术语：拐步截桥。
源流：南枝拳体系。
技法：截。

动作过程： 右脚经左腿前向左踏步，屈膝成拐步；同时，上体右转约90°，右臂由体前向右、向下、向体后截桥，拳心斜向下；左拳变掌顺势置于右肩前，成立掌；目视右后方。

动作要点： 右转时，下肢稳定不动；力达前臂。

5.14 并步

并步 001
传统术语：二虎藏踪。
现代术语：并步抱拳。
源流：洪拳虎鹤双形拳第二式。
技法：挂。

动作过程：（1）左脚向后撤步；同时，身体微右转，双拳屈肘收于同侧肩前，拳眼向内，拳心向下，拳面相对；目视前方。

（2）接着，身体左转，右脚向后退步；同时，双臂外旋并以肘关节为轴向前挂拳。

（3）左脚向右脚并拢成并步；同时，双拳顺势抱于腰间；目视前方。

动作要点：退步与顶肘和挂拳动作协调；双挂拳力达拳棱或前臂。

并步 002
传统术语：双剑合璧。
现代术语：并步起势。
源流：南枝拳体系。
技法：砍。

动作过程： 双腿并拢伸直成并步；同时，双臂经体侧抬起向前平举，双掌掌心向下；目随右手。
动作要点： 并步双脚并拢，眼随手动。

并步 003
传统术语：手握铜锤。
现代术语：并步握拳。
源流：刘家拳体系。
技法：握。

动作过程： 双腿并拢伸直成并步；同时，双臂在体前平举，掌心向下，双掌缓慢握拳；目视左前方。
动作要点： 并步时双脚并拢，握拳时怒目。

并步 004
传统术语：雏鸟展翼。
现代术语：并步顶肘。
源流：刘家拳体系。
技法：顶。

动作过程： 双腿并拢伸直成并步；同时，双掌握拳，随双臂屈肘收至胸前，拳心向下；目视前方。

动作要点： 上臂、前臂屈紧；力达拳眼。

并步 005

传统术语：双峰壁立。

现代术语：并步挂拳。

源流：李家拳体系。

技法：挂。

动作过程：双腿并拢伸直成并步；同时，双臂外旋，双拳经上向前下挂拳；目视前方。

动作要点：并步时，双脚并拢；力达前臂。

5.15 钳羊马

钳羊马 001

传统术语：耕打。

现代术语：钳羊马耕打。

源流：咏春拳体系。

技法：耕打。

动作过程： 左脚上步，右脚跟步，屈膝成钳羊马；同时，右掌变拳沿身体中线向前冲出，拳眼向上；左臂内旋，左掌向左下方拨出，虎口向下，掌心向左，置于腹前；目视前方。

动作要点： 钳羊马与耕打协调一致；左臂滚截一体，保护中线；右拳冲拳力达拳面。

钳羊马 002

传统术语：圈手。

现代术语：钳羊马圈手。

源流：咏春拳体系。

技法：圈。

动作过程： 双脚开步，脚跟外撇，屈膝成钳羊马。身体右转约90°；同时，随转体右臂内旋，右掌向下、向右圈桥，掌心向内，掌指向下；左手置于右前臂上侧，成立掌；目视前方。

动作要点： 圈手与转马协调一致；以腰带臂，圈手力达腕部。

钳羊马 003

传统术语：耕拦手。

现代术语：钳羊马耕拦手。

源流：咏春拳体系。

技法：耕拦。

动作过程： 双脚开步，脚跟外撇，屈膝成钳羊马。身体左转约 90°；同时，随转体右手由右肩前沿中线向体前格打，掌心斜向左，虎口斜向上；左手经右肩前向左下方拦截，掌心斜向下；目视前方。

动作要点： 以腰带臂，耕拦一体；双手力达前臂。

钳羊马 004

传统术语：膀手。

现代术语：钳羊马膀手。

源流：咏春拳体系。

技法：膀。

动作过程： 双脚开步，脚跟外撇，屈膝成钳羊马抱拳。右拳变掌，前臂由胸侧沿中线向前内旋，右肘随势外翻置于体前，肘尖向前，掌心向右；左掌顺势向上、向右推于右肩前，掌心向右；目视前方。

动作要点： 膀手手腕放松内扣；力达前臂。

钳羊马 005

传统术语：批肘。

现代术语：钳羊马批肘。

源流：咏春拳体系。

技法：批肘。

动作过程： 双脚开步，脚跟外撇，屈膝成钳羊马抱拳。身体左转约90° ；同时，右拳变掌，右肘随转体向左横击；左拳不变；目视前方。

动作要点： 以腰带臂，批肘与转马协调一致；横击肘不过身体中线，力达肘外侧。

钳羊马 006

传统术语：跪肘。

现代术语：钳羊马跪肘。

源流：咏春拳体系。

技法：跪肘。

动作过程： 双脚开步，脚跟外撇，屈膝成钳羊马抱拳。左脚向左后撤步，身体左转约90°；同时，右肘随转体由上向下压肘于体前；左手不变；目视前方。

动作要点： 先撤后转；跪肘与转马协调一致；力达肘尖。

钳羊马 007

传统术语：双耕手。

现代术语：钳羊马双耕手。

源流：咏春拳体系。

技法：耕手。

动作过程： 双脚开步，脚跟外撇，屈膝成钳羊马抱拳。双拳变掌，同时向前、向下耕打于腹前交叉，左掌在下，右掌在上；目视前方。

动作要点： 以腰催力，耕手滚桥完成；肘部微屈坐腕，力达腕部。

钳羊马 008

传统术语：双摊手。

现代术语：钳羊马摊手。

源流：咏春拳体系。

技法：摊。

动作过程： 双脚开步，脚跟外撇，屈膝成钳羊马十字双伏掌。双臂沉肩外旋；同时，双手翻掌由腹前向上穿桥至胸前，右掌在上，左掌在下，掌心向上，指尖斜向外；目视前方。

动作要点： 摊手时，前臂滚压；力达前臂。

5.16 独立步

独立步 001
传统术语：独脚饿鹤。
现代术语：独立步鹤嘴手。
源流：洪拳虎鹤双形拳第七十五式。
技法：啄。

动作过程： 左脚上步，右腿屈膝提起成独立步；同时，双掌变鹤嘴手由外向内经体前向下划弧至腹前，右手继续向右、向上举至头部右上方向前啄击，臂微屈，勾尖向前；左掌顺势摆至左腰侧，勾尖向后；目视前方。
动作要点： 提膝腿过腰，勾脚尖内扣；鹤嘴手啄击力达指尖。

独立步 002

传统术语：魁星踢斗。

现代术语：独立步弹腿。

源流：蔡李佛拳体系。

技法：弹。

动作过程： 右脚上步，右腿支撑，左腿提膝成独立步；同时，右掌上撑于头部右上方；左掌下按于身体左侧。落左髋，左腿向前弹踢后迅即收回；上体稳定，双手动作不变；目视左前方。

动作要点： 弹腿要突然，力达脚面。

独立步 003

传统术语：白鹤撇翼。

现代术语：独立步拨掌。

源流：刘家拳体系。

技法：拨。

动作过程：（1）右脚向后撤步；同时，双臂在体前交叉，左臂在上，右臂在下，掌心均向下。

（2）右腿蹬起，左腿屈膝上提成独立步；同时，右手向右、向上拨掌，掌指斜向上，高于头；左手向左、向下拨掌至左髋关节旁，掌指斜向下；目视左前方。

动作要点：独立步与双拨掌协调一致；力达腕部。

独立步 004

传统术语：猛虎出山。

现代术语：独立步虎爪。

源流：蔡李佛拳体系。

技法：爪。

动作过程： 右脚上步支撑，左腿屈膝上提成独立步；同时，右虎爪由腰间前推，掌心向前；左虎爪前探后随左臂屈肘收于左肩前，左掌掌指向下，掌心向后；目视右前方。

动作要点： 支撑腿脚趾抓地，自然伸直，独立步稳固；左臂开肩屈肘上抬，右虎爪塌腕，独立步与虎爪协调一致；力达爪指。

独立步 005
传统术语：霸王敬酒。
现代术语：独立步劈掌。
源流：蔡李佛拳体系。
技法：劈。

动作过程： 右脚上步，左腿提膝成独立步；同时，双臂经体前交叉后迅即右臂屈肘上摆至右肩前上方，右肘高与肩平，掌心向左前方；左掌由右肩前向左下方劈掌至左大腿外侧；目视左前方。

动作要点： 独立步支撑稳固，独立步与劈掌协调一致；劈掌力达掌外沿。

独立步 006

传统术语：三拱手。

现代术语：独立步挂穿抓。

源流：洪家拳体系。

技法：挂、穿、抓。

动作过程：（1）左腿支撑，右腿提膝成独立步抱拳。右拳经体前由内向外反背击打；左掌变立掌置于右肘内侧；目视前方。

（2）独立步不变，上动不停。左掌经右臂下向前穿桥，掌心向下；右拳顺势抱于腰间；目视前方。

（3）独立步不变，上动不停。右拳变虎爪由腰间向前推抓，掌心向前，虎口向上；左虎爪收于右肩前，塌腕，掌心向右；目视前方。

动作要点：独立步支撑稳固，桥手法力点明晰。

5.17 歇步

歇步 001

传统术语：雁落平沙。

现代术语：歇步截桥。

源流：洪拳虎鹤双形拳第一百式。

技法：截。

动作过程： 左脚起跳向后落地，左右脚换跳步成歇步；同时，右掌由上向下直臂下截，置于左小腿前方，掌心向下；左掌顺势由下向上架于头顶左上方，掌心向外；目视右方。

动作要点： 歇步与截桥协调一致；截拳力达桥臂。

6 步法

6.1 麒麟步

麒麟步 001

传统术语：跌荡麒麟。

现代术语：麒麟步。

源流：洪拳虎鹤双形拳第六十七式。

技法：蝶。

动作过程：（1）并步抱拳。身体左转；同时，左脚向前上步，脚尖外撇，膝微屈；右腿屈膝跟进，右膝置于左膝腘窝处，双腿交叉；目视左前方。

（2）上动不停。身体右转；同时，右脚由后向前经左腿前向左前方上步，脚尖外撇，左膝微屈，脚跟离地，置于右膝腘窝处，双腿交叉；目视右方。

动作要点：以腰带动，左右步型、步法连贯，富有节奏；沉气、坐胯、踩脚、敛臂一气呵成；上体稳定，脚趾抓地。

麒麟步 002

传统术语：蝶掌连环。

现代术语：麒麟步蝶掌。

源流：洪拳虎鹤双形拳第一百零五式。

技法：盖。

动作过程：（1）左脚向右脚前方盖步成拐步，同时，身体随之左转，双掌成双蝶掌收于身体左侧，左掌在下，右掌在上，掌根相对；目视左后方。

（2）上动不停。右脚向左脚前方拐步成麒麟步，随即左脚上步成半马步；同时，身体右转，双掌由左腰侧向外经体前向右拦拨，成双蝶掌收于右腰间，右掌在下，左掌在上，掌根相对；目视左方。

动作要点：麒麟步步稳灵活，节奏明显；沉气、坐胯、踩脚、敛臀，上体保持稳定；力达掌外沿。

麒麟步 003
传统术语：麒麟游园。
现代术语：麒麟步虎爪。
源流：洪拳体系。
技法：抓。

动作过程：（1）左脚向右脚前盖步成拐步；同时，右虎爪由右侧向上经体前探抓至左肩前；左虎爪收至左腰侧；目视左后方。

（2）上动不停。右脚经左腿前向左脚前盖步由拐步成麒麟步；同时，左虎爪向上、向右经体前探爪至右肩前；右虎爪顺势收至右腰侧；目视左前方。

（3）上动不停。左脚向左前方上步，屈膝成半马步；同时，左虎爪顺势经体前向左前方推出；右虎爪不变；目视左前方。

动作要点：盖步脚尖外撇成拐步，连续拐步成麒麟步；麒麟步稳健中不失灵活，富有节奏；左右虎爪与麒麟步配合协调；力达爪指。

6.2 上步

上步 001
传统术语：破心肘。
现代术语：上步顶肘。
源流：莫家拳体系。
技法：顶。

动作过程： 右脚上步；同时，右臂屈肘由下向右、向前上顶肘；左掌顺势收于右胸前；目视顶肘方向。
动作要点： 顶肘高不过头，低不过肩；力达肘尖。

上步 002

传统术语：龙吐玉珠。

现代术语：上步格冲。

源流：莫家拳体系。

技法：格。

动作过程：右脚震脚，左脚向前上步，双腿屈膝；同时，双拳分别由腰间向身体前下方交叉格挡冲拳，右拳在上，左拳在下；目视右拳。

动作要点：格挡冲拳时，双前臂贴紧，沉腰坐胯；力达双前臂与双拳面。

上步 003
传统术语：右落关堵。
现代术语：上步格肘。
源流：莫家拳体系。
技法：格。

动作过程：左脚向前上步，右脚顺势跟步；同时，右掌变拳由右经体前屈臂向左完成右肘格挡，拳心向内、拳面向上；左掌拍击右前臂外侧；目视右前方。

动作要点：左上右跟与右肘格挡协调一致；力达前臂外侧。

6.3 插步

插步 001

传统术语：猴子摘桃。

现代术语：倒插步反撩爪。

源流：南枝拳体系。

技法：撩。

动作过程： 右脚经左腿后向左插步成中歇步；同时，身体左转，右虎爪由左经体前向右反撩爪，掌心斜向上；左虎爪置于右肩前，成立爪；目视右方。

动作要点： 右脚插步与右反撩爪和左立虎爪动作协调；歇步要稳；力达爪指。

插步 002

传统术语：银龙摆尾。

现代术语：插步鞭拳。

源流：蔡李佛拳体系。

技法：鞭。

动作过程：（1）右脚向前上步，身体微左转；同时，右手变拳屈肘经体前摆至左肩前，拳心向内；左手顺势经体侧上摆至左肩侧成立掌，略高于肩；目视左侧。

（2）左脚经右腿后向身体右后方撤步成右插步；同时，右拳经体前向右后方鞭拳；左掌顺势摆至右胸前，成立掌；目视鞭拳方向。

动作要点：上步、插步与摆掌、鞭拳协调一致；力达拳背。

插步 003
传统术语：偷马阴挖。
现代术语：插步撩爪。
源流：蔡李佛拳体系。
技法：撩。

动作过程： 开步站立，双臂置于体侧。左脚向右脚后撤步成插步；同时，右手变虎爪由身体右侧向右侧上方翻掌上撩，高与肩平，掌心向上，虎口斜向后；左手变虎爪顺势经左侧向上经左肩前摆至右肩前，成立掌，掌心向外；目视右撩爪方向。

动作要点： 插步、摆头与左抡摆、右撩爪协调一致；撩爪时需旋臂翻掌；力达五指。

6.4 翻身跳

翻身跳 001

传统术语：雄鹰扑兔。

现代术语：翻身跳虎爪。

源流：洪拳体系。

技法：抓。

动作过程： 右脚蹬地起跳，身体向左转体360°，左脚、右脚依次落地成半马步；同时，随转体双手打开，左手变虎爪由左侧向上经头顶上方向下经腹前抡摆至左侧前上方，随即虎爪塌腕向内向下探抓，置于左胸前，略高于肩，掌心向外，虎口向上；右手变虎爪沿身体右侧由上向下经右大腿外侧划弧顺势收至左肩前，成立爪；目视左前方。

动作要点： 翻身跳身体尽量接近水平，翻身跳与虎爪协调一致。

6.5 换跳步

换跳步 001

传统术语：猛虎跳洞。

现代术语：换跳步提膝虎爪。

源流：洪拳体系。

技法：抓。

动作过程：（1）左脚上步起跳，右腿离地，空中成左独立步；同时，左手变虎爪由下向上摆起经体前向前方探爪；右手变虎爪顺势收于右腰间，虎口向前，双掌心均向下；目视前方。

（2）经换跳步，右脚、左脚先后落地成前后开步；同时，左虎爪由前向右置于体前成抓面爪，掌心向下；右虎爪动作不变；目视左虎爪。

动作要点：换跳步动作轻盈连贯，瞬时保持空中造型；抓面爪力达爪指。

换跳步 002

传统术语：豹子翻山。

现代术语：换跳步弓步虎爪。

源流：洪拳体系。

技法：抓。

动作过程：（1）左脚上步蹬地起跳，右腿摆起，双腿屈膝叠紧，右前左后，成空中盘腿状；同时，双手成虎爪顺势上摆，左虎爪成立爪置于右肩前，虎口向内；右虎爪塌腕置于右腰侧，虎口向前；目视右后方。

（2）经换跳步，双脚同时落地，迅即蹬右腿成左弓步；同时，右虎爪向前推出成抓面爪，虎口向上，掌心向前；左虎爪顺势置于腹前，掌心向外；目视前方。

动作要点：左脚上步蹬地要猛，换跳步动作轻盈连贯；前臂保持一定的紧张度；虎爪塌腕用力，抓面爪力达爪指。

换跳步 003

传统术语：麒麟回首。

现代术语：转身换跳步单蝶步盘肘。

源流：蔡李佛拳体系。

技法：压。

动作过程：（1）左脚上步，身体左转，左脚蹬地起跳，右腿顺势摆起，经左转180° 成换跳步后右脚落地，成左右开步；同时，双臂摆起并顺势向两侧打开，双手均为掌；目视左前方。

（2）紧接着，重心下降，左腿屈膝，右小腿内侧贴地成单蝶步；同时，右掌变拳，屈臂向前下击肘；左掌拍击右肘前臂外侧；目视右前方。

动作要点：肘击屈臂要紧，左掌主动拍击；力达肘尖。

换跳步 004

传统术语：卧豹离山。

现代术语：换跳步豹爪。

源流：洪拳体系。

技法：抓。

动作过程： 左脚起跳，右脚跟进，经换跳步成马步；同时，双豹爪向上抬起，臂微屈，虎口相对，掌心均向下；目视前方。

动作要点： 换跳步轻快，马步落地要稳；双前臂保持一定的紧张度；豹爪力达爪指。

换跳步 005
传统术语：如虎添翼。
现代术语：跳换步双虎爪。
源流：洪拳体系。
技法：抓。

动作过程： 左脚向左侧起跳，右脚跟进，经换跳步成马步；同时，双手成虎爪，由下向上屈腕顶爪，双虎爪位于前额上方，略高于头；目视右后方。

动作要点： 屈腕用力；力达爪指。

6.6 拖步

拖步 001

传统术语：连环通天。

现代术语：连环抛撞。

源流：洪拳虎鹤双形拳第五十四式。

技法：抛。

动作过程：（1）右脚向前踏步，左脚顺势拖步；同时，左拳由下经体侧向前上方撞打后身体左侧 ；右拳由下经体侧向前上方抛撞，拳心微向后上方，拳面向前；目视前方。左脚向前拖步，随即左拳收回腰间，右拳由腰间向前、向上抛撞。接着，该动作重复两次；目视前方。

（2）上动不停，双脚继续向前上步（不少于两次），双腿屈膝成马步；同时，右拳由腰间向右冲出，成立拳；左拳顺势抱于腰间，拳心向上；目视右前方。

动作要点：上步、拖步和左右抛撞拳协调一致；连续抛撞时，不要耸肩，前臂保持一定的紧张度；力达拳面。

7 腿法

7.1 屈伸

横钉腿 001

传统术语：半山伏虎。

现代术语：横钉腿按掌。

源流：莫家拳体系。

技法：横钉、按。

动作过程：（1）左脚上步支撑，右腿由后经体侧向前屈膝提起，脚尖向内勾起向身体右前方横钉；同时，左掌向前横按，虎口向下，掌指斜向上；右手变拳顺势由前经右侧摆至体后；目视前方。

（2）紧接着，右腿顺势向后落步，成左弓步；同时，右拳经腰间向前冲拳，拳心向下；左拳抱于腰间，拳心向上；目视前方。

动作要点：横钉腿快速有力，与按掌发力协调一致；力达脚掌外沿，高不过胸。

腾空横钉腿 002

传统术语：螳螂捕蝉。

现代术语：腾空横钉腿切掌。

源流：蔡李佛拳体系。

技法：横钉、切。

动作过程： 右脚上步蹬地起跳，左腿屈膝前摆，随即右腿在空中由屈到伸向右前方横钉腿；同时，右掌随横钉腿向前横切；左掌顺势摆至右肩前。紧接着，左脚、右脚依次落地成右高虚步，左手成立掌置于右肩前；右掌按于腹前，虎口向内，掌心向下；目视前方。

动作要点： 横钉腿与按掌在腾空中完成，动作协调一致；横钉腿力达脚掌外侧。

虎尾腿 003
传统术语：背后出宝。
现代术语：虎尾腿。
源流：侠家拳体系。
技法：蹬。

动作过程：（1）右脚向前上步，左腿跟步成丁字步；同时，双虎爪由腰间向上、向前探抓后收于肩前；目视前方。

（2）接着，身体前屈，双手扶地，左腿迅即向身体后上方直线蹬出；同时，右腿成支撑腿微屈；目视下方。

动作要点：扶地与后蹬腿协调一致；蹬腿直线发力，力达脚跟。

弹踢腿 004

传统术语：独脚飞鹤。

现代术语：独立步弹腿。

源流：洪拳虎鹤双形拳第七十四式。

技法：弹。

动作过程：（1）左脚经右脚前上步成盖步；同时，双掌经体前交叉向身体两侧展开上下扇动，双掌心向下；目视前方。（2）右腿向前弹踢后顺势回收提膝，左腿微屈支撑；同时，双掌由下向身体两侧标掌，双掌心向下；目视前方。

动作要点：双掌体前交叉时，右臂在外；双臂扇动不宜过大；弹腿力达脚尖。

横踩腿 005

传统术语：铁扫把脚。

现代术语：拨掌扫踢。

源流：洪拳虎鹤双形拳第九十二式。

技法：拨。

动作过程：（1）双脚开立，右脚由后向左前扫，左腿支撑微屈；同时，双掌向后拉扯，左掌置于右肩前，右掌收至右侧身前，左掌掌心向下，右掌掌心斜向上；目视右手。

（2）紧接着，右腿再向右后方扫踢，左腿不变，屈膝成左弓步；同时，双掌顺势向体前横切；目视前方。

动作要点：以腰带动，拉扯、扫踢动作协调一致；前扫踢力达足弓，后扫踢力达脚掌和脚跟外侧。

横踩腿 006

传统术语：金豹露爪。

现代术语：横踩腿。

源流：刘家拳体系。

技法：踩。

动作过程：（1）左腿微屈，右脚向左腿前下方蹬踩，脚尖外撇；同时，双掌后拉并横拨于身体右侧，左右掌分别置于胸肩前，左掌掌心斜向下，右掌掌心斜向上；目视蹬腿方向。

（2）右脚向后落步，左腿屈膝前弓成骑龙步；同时，双掌顺势向体前横切，高与肩平；目视前方。

动作要点：踝关节勾紧，力达脚掌。

钉腿 007

传统术语：魁星点元。

现代术语：钉腿。

源流：蔡李佛拳体系。

技法：钉。

动作过程：（1）左腿微屈，右脚向体前下方弹踢，脚尖向前；同时，双掌成蝶掌收于右腰侧，掌根相对，左掌掌心向后，右掌掌心向前；目视进攻方向。

（2）右脚向后落步，左腿屈膝前弓成骑龙步；同时，双掌顺势向体前横切，高与肩平；目视前方。

动作要点：脚尖绷直，保持踝关节紧张；钉腿快速有力；力达脚尖。

侧踹腿 008

传统术语：凤凰单翅。

现代术语：侧踹腿。

源流：侠家拳体系。

技法：踹。

动作过程：（1）开步站立。身体右转，右脚向前上步成盖步；同时，双手变拳抱于腰间。紧接着，左腿由屈到伸向左侧踹；同时，双臂经体前交叉，右臂在外，左臂在内，拳心均向内，随即双臂向两侧分撞拳，左拳置于左腿上方，拳心向下，右拳举至右肩侧，拳心向上；目视踹腿方向。

（2）左腿顺势落地成左弓步；同时，左拳由下向右经体前向上、向前挂拳，并顺势后摆；右拳由右向上经头顶上方向前盖拳；目视前方。

动作要点：侧踹时，身体顺势侧倾，双手前臂保持一定紧张度；踹腿高过腰；力达脚跟。

正蹬腿 009

传统术语：青龙献爪。

现代术语：正蹬腿。

源流：蔡李佛拳体系。

技法：蹬。

动作过程：（1）左脚向前上步，脚尖外展，成盖步；同时，双掌变爪，经体前分别向外置于同侧肩前方，与肩同高，虎口均向上；目视前方。

（2）左腿独立支撑，右脚勾脚尖向前蹬踩；双虎爪保持不变；目视前方。

动作要点：上体稳定，正蹬腿要猛，脚尖上勾；力达脚跟和脚掌。

剪腿 010

传统术语：猿猴坐洞。

现代术语：跌扑剪腿侧踹。

源流：刘家拳体系。

技法：踹。

动作过程： 侧卧于地，双手侧撑，双腿右直左屈，右上左下。右腿屈膝，左腿伸直扫剪，随即左右腿交叉扫剪，右腿向侧上方侧踹，同时左腿顺势屈膝收控于右腿下侧；双手侧撑不变；目视右前方。

动作要点： 扫剪时，左右腿屈伸交叉要控制幅度，动作干脆紧凑；踹腿力达脚掌。

铲腿 011
传统术语：蜻蜓点水。
现代术语：鹤顶手铲腿。
源流：侠家拳体系。
技法：顶、铲。

动作过程：（1）右脚上步，左腿屈膝上抬成独立步；同时，双手变鹤顶手顺势向身体两侧顶撞，右鹤顶手置于右侧上方，高与头平，左鹤顶手置于左腿外侧，高与腰平，双鹤顶手勾尖相对；目视左掌。

（2）重心下降，右腿屈膝；同时，左腿向左下方踹出，左脚脚掌向下，脚尖内扣；左鹤顶手经体前屈肘收于右肩前，勾尖向内；目视左前方。

动作要点：手顶与铲腿动作协调，用力一致；力达脚外侧。

盘勾腿 012

传统术语：魁星踢斗。

现代术语：盖步箭弹。

源流：洪拳虎鹤双形拳第四十二式。

技法：弹。

动作过程：（1）左脚向前上步，脚尖外展成盖步；双拳抱于腰间，拳心向上；目视前方。

（2）重心升起，右腿由后向前、向内缠绕勾盘后屈膝上提，随即向前弹踢，高与腰平；同时，左脚抓地，左腿屈膝支撑；目视右脚方向。

动作要点：勾盘腿与弹踢腿动作连贯一致；弹腿力达脚尖。

钩镰腿 013

传统术语：右钩镰脚。

现代术语：勾扫下格。

源流：莫家拳体系。

技法：勾、格。

动作过程： 双脚开步站立。右脚由下向左前上方勾扫；同时，身体右转，右臂经体前向下、向后截桥，拳心向内；左掌顺势摆至右胸前，掌心朝向截桥方向；目视右下方。

动作要点： 截桥与勾扫动作一致；勾扫时踝关节保持紧张度，力达内踝与脚背内侧。

7.2 直摆

后摆腿 001
传统术语：毒蝎反尾。
现代术语：后摆腿。
源流：蔡李佛拳体系。
技法：后摆。

动作过程：（1）右脚向前上步，右腿支撑微屈，随即左腿向右前方扫踢；身体左转180°；双手随转体，顺势收于肩前；目视左腿。

（2）左腿屈膝下蹲，右小腿内侧贴地成右单蝶步；同时，右臂屈肘由右向上、向下压肘，左掌附于右前臂处；目视压肘方向。

动作要点：后摆腿与转身协调一致；后摆腿力达前脚掌。

挂面腿 002

传统术语：铁腿护门。

现代术语：挂面腿独立步。

源流：蔡李佛拳体系。

技法：挂。

动作过程：右脚蹬地跳起，左腿屈膝上提；同时，右腿由外向上经面部向左扫挂成里合腿；左掌于体前向右近面部主动拍击右脚掌，右臂顺势打开置于身体右侧，右拳成立拳，拳眼向上，与肩同高。紧接着，左脚落地，右腿屈膝上提成独立步；同时，左手向身体左侧打开成立掌，掌心向外；目视前方。

动作要点：击响在空中完成，落地后独立步稳定；击响力达脚掌。

7.3 扫转

伏地后扫腿 001

传统术语：天犬望月。

现代术语：伏地后扫腿。

源流：南少林地术犬拳体系。

技法：扫。

动作过程： 双脚左右开立。重心下降，身体右转约90°，双手于体前下方扶地，随即右腿屈膝下蹲，以右脚掌为轴蹍转；同时，左脚前脚掌贴地经左侧向体后扫转半周；目视右后方。

动作要点： 扶地拉开，扫转连贯；拧腰扫腿动作协调；力达左小腿。

8 跌扑

8.1 直体

侧踹 001
传统术语：猿猴出洞。
现代术语：腾空单侧踹。
源流：洪拳体系。
技法：踹。

动作过程：（1）左脚向前上步起跳，双臂顺势摆起。随即右腿在空中向前方踹出，脚尖勾起；同时，左腿屈膝附于右腿内侧；双手成掌顺势向踹击方向撑开；目视进攻方向。

（2）保持滞空动作，待落地时，双手顺势按掌于胸前，右腿在上，左腿在下，成跌扑势；目视前方。

动作要点：蹬跳踹与双臂配合动作协调；侧踹滞空完成，空中保持侧平卧，脚高于头；右脚蹬踢要快，力点准确；力达脚跟。

侧踹 002
传统术语：麒麟腾云。
现代术语：腾空双侧踹。
源流：洪拳体系。
技法：踹。

动作过程：（1）左脚向前上步起跳，双臂顺势摆起。随即双腿在空中向前方并腿蹬出，脚尖勾起；同时，双手成掌顺势向踹击方向撑开；目视进攻方向。

（2）保持滞空动作，待落地时，双手顺势按掌于胸前，右腿在上，左腿在下，成跌扑势；目视前方。

动作要点：蹬跳踹与双臂配合动作协调；双腿踹击滞空完成，成侧平卧；双腿蹬踢同时用力，屈伸要快；力达脚跟。

8.2 垂转

盘腿跌扑 001

传统术语：蟒蛇出洞。

现代术语：盘腿跌扑。

源流：洪拳体系。

技法：盘腿跌。

动作过程：左脚、右脚依次向前上步（两步）跳起。随即右腿腾空盘腿360° 侧扑；同时，双臂顺势抡摆。身体左侧着地，左腿屈膝贴地，右腿自然伸直，双手扶地，成跌扑势；目视右前方。

动作要点：里合腿高过于肩；身体左侧与左臂同时着地。

9 翻腾

9.1 额转

鲤鱼打挺 001
传统术语：鲤鱼打挺。
现代术语：鲤鱼打挺。
源流：李家拳体系。
技法：打挺。

动作过程： 身体翻转，肩背贴地，屈髋收腹，双腿自然举起；同时，双手扶按大腿，随即双腿由上向前、向下弹伸下打；双肩、背部配合推地，身体顺势向前跃起，成双腿自然屈膝站立。紧接着，双腿屈膝下蹲；同时，双手主动拍地；目视前下方。

动作要点： 收腹举腿与双腿下打动作连贯；双腿下打与双肩推地动作协调一致；双脚着地，略宽于肩。

10 滚翻

10.1 额转

抢背 001
传统术语：地龙穿梭。
现代术语：抢背。
源流：洪拳体系。
技法：翻滚。

动作过程： 右脚向前上步，上身卷缩，肩、背、腰、臀依次着地向前滚翻。
动作要点： 团胛完成，翻滚轻快圆活，起身迅速。